Thomas Einfeldt
# Frühschwimmen – und Glu:ck finden

## Das Buch

Frühschwimmen - und das Glu:ck finden; die beiden Protago-
nisten sind Krisen erfahrenen, Leid geprüft, ein Mann und
eine Frau jenseits der Lebensmitte, umständehalber genötigt,
sich neu zu orientieren; und mit der unausgesprochenen
Sehnsucht nach einer neuen Partnerschaft ausgestattet. Sie geraten in die seltsame Gesellschaft der Frühschwimmer und
nehmen die Situationen mit Ironie und dem eigenen Humor
wahr. Das Frühschwimmen, morgens vor der Arbeit, in der
gefliesten sachlichen Schwimmhalle dient dem Zweck: Wach
werden, fit bleiben, meditativ im Fluss der Gedanken schwimmen, die anonymen Mitschwimmer taxieren und mit neuen
Gedanken aus dem Wasser steigen, um den Tag zu beginnen.
Sie kennen sich nicht, kommen nacheinander zu Wort - und
haben sie Glu:ck oder Glück? Lernen sie sich kennen? Könnte
es eine neue Liebe werden? Es ist quasi eine Coming-in-Age
Novelle, auch wenn es dieses Genre so noch nicht gibt. Die
Novelle besteht aus zwei Teilen und spielt in der Großstadt. In
der Zeit kurz vor Corona.

## Der Autor

Thomas Einfeldt ist Hamburg geboren, hat dort Zivildienst
absolviert, Zahnmedizin studiert, sich verliebt, gearbeitet, ge-
heiratet, Sohn und Tochter zusammen mit seiner Frau großgezogen; neben dem Brotberuf drei historische Romane, zwei Jugendbücher, ein Sachbuch veröffentlicht, diverse fachliche
und berufspolitische Artikel geschrieben und sich ehrenamt-
lich engagiert. Nun aber hat er die berufspolitischen Ehrenämter und die praktische Arbeit aufgegeben, um das Leben zu genießen, Freunde zu treffen, zu reisen, neue Texte, Themen und
Formate auszuprobieren und mit Haltung und vorsichtigem
Sendungsbewusstsein älter zu werden.

Thomas Einfeldt

# **Frühschwimmen – und Glu:ck finden**

Eine Coming-in-Age-Novelle

Bibliografische Information der Deutschen Nationalbibliothek:
Die Deutsche Nationalbibliothek verzeichnet diese Publikation in der Deutschen Nationalbibliografie; detaillierte bibliografische Daten sind im Internet über http://dnb.dnb.de abrufbar.

Titelbild: „Schwimmende", Mischtechnik; Thomas Einfeldt

Lektorat: Dr. Erna R. Fanger; schreibfertig.com

Verlag: BoD · Books on Demand GmbH, In de Tarpen 42, 22848 Norderstedt

Druck: Libri Plureos GmbH, Friedensallee 273, 22763 Hamburg

ISBN: 978-3-7597-7619-8

# Inhaltsverzeichnis

Kapitel; erster Teil „Die Frühschwimmerin"

01 Klare Sicht.............................................. 7

02 Der Frühschwimmerclub........................ 11

03 Wen man in der Anstalt trifft ............... 17

04 Eine Oper............................................... 19

05 Schuhmode und Krähenfüße.................. 26

06 Traurige Tage bewältigen....................... 29

07 Kolonne schwimmen...............................32

08 Seltsam geteilte Sicht.............................36

09 Panoptikum............................................38

10 Angebote.................................................44

11 Downloaden und upgraden......................49

12 Tod im Wasser........................................52

13 Das Leben geht weiter.............................58

14 Von Tret -, Wasser - und Windmühlen......63

15 Die Renovierung......................................67

16 Mit Simone im Aquarium........................74

17 Serienkarambolage..................................88

18 Auf den Hund gekommen........................90

19 Der Racheakt des Waschweibs ................93

20 La Piscina felice......................................97

21 Siegfried.................................................104

22 Schneckenakt......................................... 108

I

23 Altersheim-Sorge............................114

24 Der Sprung ins kalte Wasser.................117


Kapitel; zweiter Teil „Der Frühschwimmer"


01 Männer denken durchschnittlich 19-mal am Tag an Sex!.................................119

02 Welche Umstände mich in die Badeanstalt trieben und ich zum Frühschwimmer avancierte............................124

03 Das sind niemals 20 Zentimeter............132

04 Nur zweimal wöchentlich

anstatt täglich.................................138

05 Männer sind Augenwesen.....................148

06 Der nasse Blick zurück......................153

07 Tanz die Nacht...............................162

08 Zweite Pubertät?............................172

09 Ein norddeutscher Sommer...................178

10 Rhythmus und Kontinuität..................183

11 Fortune....................................197

12 Erste Hilfe................................203

13 Dienstag – das Frühschwimmen ist Glück und das Leben geht weiter.................217

II

**Erster Teil: Die Frühschwimmerin**

## 01. Klare Sicht

Eine Wohltat. Kein Augenbrennen mehr, nicht dieses Beißen in den Lidern, dieser Juckreiz, der Drang, sich nach einer Bahn die Augen reiben zu müssen. Und dann die klare Sicht auf die Mitschwimmer! Wie gut die aussehen. Diese jungen Leute, die in der Schnellschwimmerbahn trainieren. Ich musste es mir verkneifen, so lange in ihre Richtung zu spähen, wollte nicht aufdringlich, womöglich neugierig wirken. Aber mit jedem Zug, bei dem ich mich streckte und mit dem Kopf ins Wasser tauchte, konnte ich nun dank der Schwimmbrille, selbst unbemerkt, unter Wasser auf die andere Bahn sehen, meiner Faszination dieser jungen, durchtrainierten Körper freien Lauf lassen. Unablässig, wie ein Schwarm Makrelen, bewegen sie sich von Ufer zu Ufer. Wenden und schwimmen mit beneidenswerter Leichtigkeit. Angetrieben von einem unsichtbaren Impuls, an einer imaginären Schnur gezogen, ganz unwirklich anmutend. Dabei bin ich doch selbst ein Teil dieses Aquariums.

Am Ende der Bahnen unter der Wasserlinie am Beckenrand links wie rechts dunkle Fenster. Die Unterwasserscheinwerfer blenden. Man kann so nicht in das Innere der dort vermuteten Räume schauen. Bei Wettkämpfen sicherlich Standort von Schiedsrichtern und Trainern. Oder beobachten die jetzt mich von dort aus? Aber wer sollte sich ausgerechnet für mich interessieren?

Ich trage jetzt wieder am liebsten meinen über zwanzig Jahre alten Badeanzug, der seit der ersten Schwangerschaft in einer Kommode ruhte. Einst hatte ich ihn mit meinem Mann in Llandudno gekauft, in Wales. Damals verbrachten wir dort einen traumhaften Urlaub. Jetzt passt er wieder. Er ist aus einem changierenden gelb-oliven, festen Mischgewebe aus Baumwolle und Kunstfaser. Sowas gibt es heute wahrscheinlich gar nicht mehr. Der Stoff über und über mit diesen eingewirkten roten walisischen Drachen in der Größe von Shillings-Münzen bedeckt, von weitem ein einfach gepunkteter Anzug. Nur aus der Nähe erkennt man das Wappentier-Ensemble. Belustigt denke ich daran zurück, wie mein Mann damals meinte: „Dich möchte ich zum Hausdrachen haben. Für immer." Die ausgeleierten Gummibänder habe ich mühselig gegen neue ausgetauscht, auch ein paar Nähte nachgezogen und zwei Stellen gestopft. Ich liebe diesen alten Anzug, auch wenn meine neueren Exemplare schneller trocknen. Geschmeidiger sind sie überdies. Aber der alte passt am besten zu mir.

Die Schwimmbrille hatte ich anfangs für ein überflüssiges Accessoire gehalten. Wie diese Autofahrerhandschuhe. Oder die albernen Trinkflaschen, die manche Frauengruppen beim Nordicwalking oder eher Nordic-talking an ihre Gürtel schnallen, obwohl sie sich gerade mal zwanzig Minuten am Kanal lang oder durch den Stadtpark bewegen.

Erst als meine älteste Mitarbeiterin mich besorgt, nach Worten ringend, nach der Freitagssprechstunde ansprach, ob ich wohl abends trinken würde, meine Augen seien morgens immer so rot und verquollen, da sah ich ein, dass ich etwas ändern müsste. Ich bedankte mich für den Hinweis. Womöglich hatten auch Patienten bereits so ihre Vermutungen angestellt. Dann bat ich meine zweite Angestellte sowie die Auszubildende noch zu der Unterredung.

„Sie brauchen sich keine Sorgen zu machen. Es ist nicht die Trauer, die mir rote Augen macht. Mein Mann ist doch jetzt schon ein paar Monate tot. Ich trinke weder aus Verzweiflung noch aus anderen Gründen. Ich gehe lediglich vor der Praxis zum Frühschwimmen in die Schwimmhalle um die Ecke. Am Anfang habe ich den Kopf aus dem Wasser gehalten und bin ruhig geschwommen. Einen verhaltenen, etwas steifen Brustschwimmerstil. Aber der bekommt weder meiner Halswirbelsäule, noch befriedigt er meinem, obschon geringen, doch vorhandenen Ehrgeiz. Ich will im Wasser nicht wie eine lahme Ente aussehen. Ich strecke mich jetzt wie die, die Sie vielleicht ja auch schon in Wettkämpfen beobachtet haben, oder wie Sie es noch vom Schwimmunterricht aus der Schule kennen. Und dabei tauche ich mit dem Gesicht in die Wasseroberfläche; klar, dass meine Augen dann mit dem Wasser in Berührung kommen ..."

Da bemerkte ich, wie erleichtert meine Mitarbeiterinnen waren. Sie lächelten und entspannten sich. Wir setzten uns noch zusammen an die Anmeldung, nahmen eine Flasche Sekt aus dem Kühlschrank, Mitbringsel eines dankbaren Patienten, und ich bemühte mich, ganz aufgeräumt zu erscheinen. Bot einen kleinen Einblick in mein Seelenleben, lieferte Persönliches, gestand, dass ein Orthopäde mir das Joggen verboten hatte. Dass ein Meniskus-Einriss, vor Jahren bei einem Fahrradunfall entstanden, mir neuerdings wieder Beschwerden bereitet und nun dazu geführt hätten, dass ich, statt frühmorgens zu laufen, das Schwimmen ausprobierte. „Man muss etwas tun für sich, damit man in Form bleibt", hörte ich mich leichthin sagen, und die Auszubildende nickte eifrig.

„Sie sehen doch gut aus, für Ihr Alter," setzte sie tutig hinzu und beschwingt von dem Schluck Sekt, zu dem ich ‚meine Damen' animiert hatte, fügte sie noch an: „Single müssen Sie bestimmt nicht ewig bleiben."

Mit oder ohne Brille, ich kann klarsehen. Und verstehen. Man sorgt sich um die Witwe, will nicht, dass sie trinkt, deprimiert ist, allein bleibt. Die Mitarbeiterinnen wollen von einer toughen Leitwölfin

bei guter Stimmung in erfolgreicher Praxis ange-
führt werden. Obwohl uns alle nach dem langen,
arbeitsintensiven Vormittag der Sekt beschwipste,
blieb ich seltsam unberührt. Es war wie im
Schwimmbad. Ich beobachtete sie und mich selbst
wie Fische im Aquarium. Wie ein Forscher ein Bio-
top betrachtet.

Freundlich lachend, wiegte ich den Kopf: „Wer
weiß."

„Eine Schwimmbrille müssen Sie sich kaufen,
eine richtig gute, die nicht drückt oder leicht be-
schlägt. Das ist auch für die Augen besser, damit
sie nicht mit dem gechlorten Wasser in Berührung
kommen", meinte meine erste Kraft. Offensichtlich
wollte sie das Thema wechseln und zum Ausgang
des Gesprächs zurückkommen .

Diesen Rat habe ich nun befolgt und das hat mir
tatsächlich klare Sicht und neue Einblicke beschert.

## 02. Der Frühschwimmerclub

Dass man Sport treiben muss, ist jedem klar. Belegt von Lebensweisheiten und Sinnsprüchen aller
Kulturen. Nachzulesen in sämtlichen Zeitungen
und Magazinen. Ich bewege mich gern. Schon als
die Kinder noch klein waren, hatte ich mich daran
gewöhnt, zwei oder drei Mal in der Woche morgens
früher aufzustehen, um noch vor dem Frühstücks-
ritual am Kanal entlang zu laufen. Ich genoss es,
den Wechsel der Jahreszeiten an der Ufervegetation

abzulesen, die Wasservögel bei der Balz oder Aufzucht der Jungen zu beobachten und den Singvögeln im Frühjahr zuzuhören. Es war wunderbar. Das Haus verlassen. Einfach loszulaufen. Es erfrischte mich, machte den Kopf frei, die Herausforderung zu wuppen, Haushalt, Kinder, eine Teilzeit-Praxis mit einer Kollegin zusammen aufzubauen, Ehefrau, Mutter und Geliebte zu sein. Mit Sport wollte ich den Tag beginnen. Nur selten wachte mein Mann morgens auf und hielt mich in seinen Armen zurück.

Abends, nach der Praxis, konnte ich mich nicht mehr aufraffen. War müde von Arbeit, dem Bohren und Manipulieren auf kleinstem Raum, an empfindlichstem Gewebe. War abgespannt durch die bewussten wie unbewussten Reaktionen der Patienten, ihren Erwartungen an mich und den ewig sich wiederholenden Erklärungen und Aufklärungen.

In meinen Anfangsjahren zu Berufsbeginn, ohne Kinder und ohne Verpflichtung, war mir das abends nicht so ergangen. Da war ich nicht abgespannt, eher wacher gewesen. Es gab junge Galane, die sich um mich bemüht hatten. Ließen sich von meinen Angestellten den letzten Termin geben, um mich dann, nach der Behandlung, mehr oder weniger charmant darum zu bitten, mich zu einem Glas Wein einladen zu dürfen. Lange her. Erlegen war ich diesen Angeboten nicht. Aus Prinzip nicht. Und aus der Furcht um meinen Ruf. Den einen oder anderen, der mir gefallen hätte, gab es schon. Manchmal war es einfach der Geruch, der mich anzog. Ein sinnlicher Mund. So eine feste, gesunde, rosa-farbene Zunge – es gab wenige, aber mit manchem hätte ich auch gern mal geknutscht, verkniff es mir natürlich. Ich fühlte den Pulsschlag in der Lippe jener Männer durch den dünnen Latexhandschuh hindurch und stellte mir vor, wie ich mich von dem einen oder anderen verführen lassen würde. Aber mir reichte die Vorstellung. Durch das umsichtige Begehren fühlte ich mich geschmeichelt und ich liebte meinen Mann ja auch, suchte keine neuen Abenteuer.

Dann kamen die Kinder. Wir liebten und erzogen sie, richteten uns ein im Leben. Schließlich hörten diese Angebote auf, flirtende Patienten wurden Vergangenheit.

Endlich waren die Kinder aus dem Haus, begannen zu studieren. Und gerade, als mein Mann und ich diese einkehrende Ruhe im Haus zu genießen begannen, sich eine neue Zweisamkeit einstellte, da traf uns dieser Schicksalsschlag, brach Prostatakrebs aus bei meinem Mann. Der sicher geglaubte Boden unter den Füßen – weg.

Der Frühsport, Komponente der Stabilität in meinem Leben, blieb. Gehörte zum Rhythmus. Dann hatten mich Schmerzen im Knie und die Erklärungen des Orthopäden gezwungen, mir einen anderen Ausgleich zu suchen. So war ich auf den Frühschwimmerclub gestoßen, das Schwimmbad liegt ja gleich um die Ecke.

Frühmorgens ist die Schwimmhalle noch nicht zum Spaßbad von Pubertierenden verwandelt. Nach der Schule springen sie vom Turm, balgen sich johlend um die Rutsche, toben herum. Alles, um in Berührung mit dem anderen Geschlecht zu kommen. Zum frühen Abend avanciert das Bad dann zur Wellness-Oase von Yuppies. Sie pendeln zwischen Sauna, Sonnenbank und Whirlpool. Abends geht's zur Lifestyle-Promenade. Man präsentiert seinen Body am Beckenrand, verweilt an der Bar bei penetranter Chart-Musik.

In der Frühe treffen sich die Schwimmer mit Anliegen in der Schwimmhalle. In der Regel junge oder ältere Erwachsene. Die Musikanlage schweigt. Das Becken ist unterteilt mit schwimmenden Kugel-Schnüren. Gleich die erste Bahn nach dem Umkleidetrakt und den Duschen ist für Normalos reserviert, meist Brustschwimmer. Wenige Krauler. Menschen, die keine Rekorde schwimmen, sich aber stetig bewegen wollen. Die Richtung auf dem Hinweisschild angezeigt. Am Beckenrand entlang Richtung Westen, dann die Schnur lang zurück Richtung Osten, wieder wenden. Kaum einer rastet am Beckenrand. Hier wird nicht gebadet. Man schwimmt.

Die zweite Bahn gehört den Rückenschwimmern. Das zugehörige Schild, kurz und knapp: „Rücken". Dazu Pfeile, denn auch hier geht es gegen den Uhrzeigerweg. Rückenschwimmer wirken immer ein bisschen skurril, sehen nicht, wohin sie schwimmen. Unbeabsichtigte Rempeleien nicht selten.

Hier ist die Schwimm-Technik variabler: abwechselnder Armschlag links und rechts. Oder aber gleichzeitiger Schlag beider Arme. Es gibt die rotierende Propeller-Bewegung, halb aus dem Wasser und halb darunter. Oder das unter der Wasserlinie geführte, eher parallel zum Rumpf ausgeführte Kreisen der Arme. Man kann weit ausholen oder nur andeuten. Viele versinken kurz und tauchen wieder auf. Bieten rhythmische Bewegungen, aber ohne die Eleganz von Delphinen oder Walen. Eher wie die der Ruderkäfer.

Die dritte Bahn ist mit dem Schild „Tempo" gekennzeichnet. Hier trainiert die Jugend für Olympia, hier beweisen sich die jungen Erwachsenen und die, die sich noch für jung halten. Hier stehen die Trainer an Start- und Wendepunkten, geben Tipps, korrigieren. Stoppuhren werden verglichen. Und nie fehlen die unvermeidbaren Energiedrinks in Plastikflaschen. Enganliegende Badekleidung sitzt wie eine zweite Haut, lässt die Schwimmer wie nackt erscheinen, wenn sie sich aus dem Becken stemmen, um mit dem Trainer oder der Konkurrenz zu fachsimpeln oder sich für alle sichtbar zu recken und zu dehnen.

Und schließlich kommt die vierte, breitere Bahn. Die Abteilung für Seehunde, Walrösser, Seepferde und geselliges Treibgut aller Jahrgänge. Kein Schild, keine Erklärung. Der Betrachter müsste diesem Bereich einen eigenen Namen suchen. Hier überwiegen die älteren Semester. Und – so ist das eben – , es sind immer mehr Frauen. Die Männer bleiben auf der Strecke. Insgesamt aber doch ein Treff für Zeitgenießende, die das frühe Schwimmen lieben.

Man scheint sich zu kennen, klebt ein wenig am Beckenrand, tauscht Meinungen aus, nickt sich zu, erfreut sich der reinigenden Wirkung des Wassers im spirituellen Sinne, erquickt sich an der Bewegung wie am Nass und an der Tatsache, dass die Nacht endlich vorbei ist. Es ist jetzt legitim, sich aus dem Bett flüchten, um sich einem kleinen Ritual hinzugeben. Dieser Beckenbereich steht klar und eindeutig für den FRÜHSCHWIMMERCLUB.

Obwohl es keinen Vorsitzenden gibt. Die Satzung dieses „Clubs" wurde einst von den Tariferfindern der Wasserwerke kreiert, die den Hallenbadbetrieb abgespalten und „Bäderland" getauft haben. Frühschwimmer ist man alltags von 6.30-9.30 Uhr, am Wochenende von 8-10 Uhr. Man zahlt seinen Beitrag, erhält eine Chipkarte mit „Lichtbild", die die elektronische Schranke freigibt. So kann das Clubmitglied bargeldlos und ohne Kassenschlange in diese so ganz eigene Welt eintauchen.

Ohne Erwartung und Neugier, ganz dem Zweck ergeben, suchte ich nun morgens diesen neuen Ort des Frühsports auf. Schon nach wenigen Tagen empfand ich die spezifische Eigenheit dieser Gesellschaft und meinte den Grund zu erkennen, weshalb die Schwimmbäder früher auch Bade-Anstalten genannt wurden.

### 03. Wen man in der Anstalt trifft

Das Schwimmen hatte mir mein Vater am Ostseestrand im Sommer vor der Einschulung beigebracht. Ich war etwas ängstlich gewesen und hatte dem Schwimmgürtel mit den Korkschwimmern nicht recht trauen wollen. Schließlich hatte ich, mit klappernden Zähnen und blauen Lippen, den Bogen raus und konnte den anderen Kindern folgen. Wir schwammen zum hölzernen Bade-Floß, krabbelten hinauf, wärmten uns in der Sonne und sprangen von dort wieder ins Wasser. Es war ein munteres Getobe.

Die erste Badeanstalt lernte ich dann während des Schulschwimmens kennen. Das Gebäude war 1914 fertig gestellt worden, damals noch mit vielen Wannenbädern versehen und mehr der hygienischen Reinigung, als dem Sport verschrieben. Das Wasser war in den 70ern 21 Grad warm, kam mir aber kälter vor als die Ostsee. Unser Schwimmlehrer kommandierte uns mit einem Megaphon herum. Eine jüngere Lehrerin stand ihm zur Seite und kümmerte sich um die wenigen Mitschüler, die noch nicht schwimmen konnten. Denen wurden luftgefüllte Gummischläuche um die Brust gebunden. Dann mussten sie, an einer Art Angel der Lehrerin hängend, vom Beckenrand dirigiert, Schwimmbewegungen ausführen. Wir anderen standen in Zweierreihen an. Mussten auf Kommando des Lehrers vom Beckenrand ins Wasser springen, eine Bahn schwimmen, an der anderen Seite aus dem Becken steigen und langsam außen

17

herum zurück zum Ausgangspunkt kommen. Man merkte dem Schwimmlehrer an, dass er während des Kriegs als junger Offizier Soldaten befehligt hatte. Er trug eine Badekappe. Der gestreifte Bademantel stand offen und seine knappe Badehose hatte er hoch zum Bauchnabel gezogen. Sein Geschlechtsteil zeichnete sich ab und einmal war sein behaarter Hodensack aus dem Beinansatz herausgerutscht. Sah aus wie der Hinterleib einer Vogelspinne. Ich blickte mich um, ob auch andere diese Beobachtung teilten. Aber niemand sonst schien es zu bemerken. Ich ekelte mich vor dem alten Mann. Ich ekelte mich so, dass ich auch meine Schulfreundinnen nicht darauf aufmerksam machen konnte. So behielt ich die Beobachtung für mich. Wenn wir mit dem Unterricht fertig waren und zur Umkleide-Empore die Treppe hinaufgingen gingen, begab der Schwimmlehrer sich allein ins Wasser und drehte noch ein paar Runden. Ich blickte vom Geländer hinunter ins Becken, stellte mir vor, wie der haarige und faltige Sack durchs Wasser geschwenkt wurde, und schüttelte mich.

Vor den kleinen Spinden mussten wir uns umziehen. Einzelkabinen gab es nicht. Mithilfe von Handtüchern versuchten wir uns vor den Blicken der Jungen zu schützen. Natürlich hielten die sich nicht daran, in ihrer Hälfte der Etage zu bleiben. Die Lehrerin kümmerte sich nicht darum, duschte lange und ausgiebig, nachdem sie uns von den heißen Duschen vertrieben hatte. Diese Art Badeanstalten sind heute passé.

## 04. Eine Oper

Die Badeanstalt, zu der ich zum Frühschwimmen gehe, ist 1973 eröffnet worden. Die Architektur erinnert ein wenig an die Oper in Sydney, weshalb das Bauwerk auch hochtrabend Schwimm-Oper genannt wird. Natürlich hat man die Schwimmoper innen auch schon renoviert und dem Stil unserer heutigen Zeit angepasst. Die ehemalige Gaststätte, einst wie ein Schwalbennest über dem Becken in die Halle ragend, von der stolze Großeltern durch die Scheiben bei Kaffee und Kuchen die Enkel beim Freischwimmen beobachten konnten, ist jetzt einem Fitness-Bereich mit Steppern, Trimmrädern und anderen Kardiogeräten gewichen. Dort rackern sich die um wohlgefällige Formen und Gesundheit Bemühten mit Blick auf die Wasserfläche ab.

Farblich ist das Gebäude innen jetzt in Weiß und Blau gehalten, das Braun-Gelb der Siebziger passé, nur die poppig kreisrunden Fußbodenfliesen im Flur sind noch ziegelrot, die Duschräume der Frauenabteilung indessen in Rosa gehalten, während man durch die Milchglastüren zur Männerdusche die Keramik hellblau schimmern sieht. Die Elektro-, Umluft-, Wasserleitungen und Röhren, früher offen sichtbar unter der Decke, betonten die eher technische Atmosphäre. Seit der Renovierung sind sie hinter einer Zwischendecke verschwunden, in die Leuchten und Lüftungsöffnungen eingelassen sind. Wandzeichnungen mit stilisierten

Schwimmern sollen Kunst am Bau vermitteln, Atmosphäre erzeugen.

Allein im fensterlosen künstlich beleuchteten Umkleideraum, saust und summt die Umluft-Anlage wie Wüstenwind. Doch riecht es weder nach Kameldung noch nach alten Socken, nur eine Spur typischen Chlorgeruchs liegt in der Luft.

Die Schwimmhalle selbst ist mit großen Fensterflächen versehen, das schmetterlingsflügelhaft aufgeworfene Dach ist von außen wie innen ein Blickfang. Die Wände der Halle sind mit besonderen Fliesen von wabenhafter Lochstruktur versehen. Wahrscheinlich, um Schallwellen zu brechen, Lärm zu dämmen. Auch die Decke ist mit lärmhemmenden Latten versehen.

An den Geländern der Tribüne, die nur bei Wettkämpfen zugänglich gemacht wird, prangen Werbeplakate für Schwimmartikel. Sie haben etwas Aufdringliches an sich, was mir nicht behagt. Ich will meinen Körper trainieren und mich nicht zum Kaufen animieren lassen. Aber wahrscheinlich überlebt diese öffentliche Schwimmhalle nur so kommerziell.

Die Leitung dieses Dienstleistungsunternehmens Bäderland bemüht sich jedenfalls um einen Hauch von Atmosphäre. Die Kunden sollen sich umworben womöglich als Clubmitglieder wohlfühlen.

Als seien die Frühschwimmer Mitglieder eines englisch-exklusiven Clubs, im Club mediterrané oder im Meridian Spa. Auf jeden Fall als Angehörige einer exklusiven Gemeinschaft. Die Clubkarte des

Frühschwimmer-Clubs gemahnt zwar eher an einen Dienstausweis, aber das Wort Club darauf ist nicht zu übersehen.

Morgens passiert man als Club-Mitglied erst mal die Schlange der Kartenlöser, die nur gelegentlich zum Schwimmen antreten wollen. Lässig zückt man seine Karte, hält sie kurz an die sensible Stelle des Automaten, ohne ihn zu berühren, und „Sesam-öffne-dich" weicht die Schranke und lässt dich durch. Stolz und aufrecht schreitet man die große Freitreppe hinunter in die Katakomben der Umkleiden.

Der Umkleide-Bereich ist völlig neugestaltet. Gab es früher viele enge Einzel-Kabinen, wie Bienenwaben in einem Korb, in denen die Intimsphäre gewahrt blieb und der Schwimmwillige sich beim Anziehen der Badekleidung einschließen konnte, ja, musste, kommt man heute anderen Bedürfnissen entgegen und betont das Gemeinsame.

Drei Zonen gibt es zum Umkleiden: eine große für Männer, eine kleinere für Frauen und einen Bereich mit mehreren großen Mehr-Personen-Kabinen für Familien, Kleingruppen oder Paare, bestimmt auch Menschen mit Behinderungen.

In den Zonen für Männer oder Frauen stehen nur noch wenige einzelne kleine Wechselkabinen zur Verfügung. Für die Schamhaften. So wirken diese Räumlichkeiten großzügig. Es ist normal geworden, sich sichtbar vor den Mitschwimmern umzukleiden, bewacht durch die alles registrierenden Kameras. Wer sich geniert, dreht der Kamera den Rücken zu, wer den Auftritt liebt, zelebriert das Aus- und Umkleiden. Neben den in geschwungener Line aufgestellten Schränken gibt es nur wenige tote Winkel, wohin das Auge der Kamera nicht reicht. Offiziell dienen die Aufzeichnungsgeräte der Bewachung und Abschreckung, damit die Spindtüren nicht aufgebrochen würden. Auch soll es früher bei den vielen nicht einsehbaren Einzelkabinen sexuelle Übergriffe gegeben haben. Heute wären sie zumindest für Big Brother sichtbar. Ob die Aufnahmen von männlichem oder weiblichem Aufsichtspersonal oder durch Künstliche Intelligenz gesichtet werden – wer weiß das schon.

So zielgerichtet, wie ich in der Erprobungsphase allein und ohne Scheu an diese Körperertüchtigung heranging, bemerkte ich zunächst meine Mitschwimmer kaum, war damit beschäftigt, einen Platz zu finden, den Ablauf für mich festzulegen, einen Weg, die Zeit zu planen. Nach dem Aufstehen, schmalem Frühstück und dem Schwimmen musste ich pünktlich zurück in der Praxis sein. Zweimal kam ich zu früh, sah, wie sich kleine Pulks vor der noch verschlossenen Schwimmoper trafen, aufeinander warteten, um nach der Öffnung gemeinsam hinein zu gehen.

Doch dann stellte sich Routine ein. Allmählich nahm ich die Leute, die mit mir zur selben Zeit eintrafen, wahr. Meist komme ich jetzt um sechs Uhr fünfundvierzig an, wenn der erste Schwung bereits aus dem Duschraum in das Becken verschwunden ist. Und mit Glück bin ich sogar kurze Zeit allein unter der Dusche.

Im Duschraum gibt es keine Kameras, aber auch keine Trennwände. Hier kuckt man sich nicht so genau an, allenfalls grüßt man freundlich und knapp beim Hineingehen. In meiner Jugend dienten die Duschen mehr dem Akklimatisieren, der Vorbereitung auf das kalte Wasser im Schwimmbecken. Dazu musste man die Badekleidung nicht ausziehen. Heutzutage steht die Hygiene im Vordergrund. Die Schwimmer sollen sich vor dem Einstieg in das Becken gründlich reinigen. Nackt, damit auch nicht ein Teil vernachlässigt bliebe.

Die jungen Frauen haben heute stark gestutzte Schambehaarung, teils wie von Buchsbaumgärtnern in Ornamente französischer Barockgärten geschnitten. Wer diese Frisuren wohl schneiden mag? Ob es dafür besondere Salons gibt? Oder die jungen Damen sind ganz rasiert. Dazu passend die Piercings in Bauchnabel oder Brustspitze, wie die spiegelnden Rosenkugeln oder eisernen Rankhilfen von neueren Beeten in *Home and Garden*.

Überhaupt ist mir der Anblick dieser jungen Brüste manchmal lästig. Wie junge ungeduldige Dobermänner.

Frauen meines Alters machen weniger Gewese um den Pelz am Schoß. Doch überlegte ich kürzlich eitel, ob ich vielleicht meine teils ergrauten Schamhaare wie mein gefärbtes Haupthaar tönen sollte. Ich musste über mich selber lachen. Wozu dies Frühschwimmen wohl noch führt?

23

Die Mode meiner Jugend hat mich davor bewahrt, mir eine Rose auf das Hinterteil tätowieren zu lassen – Tatoos galten damals noch als vulgär. Ich gebe zu, dass so ein kleines Herzchen, ein Schmetterling oder eine Orchidee auf junger straffer Haut den Schmelz der Jugend ganz hübsch unterstreicht. Allein, wenn ich mir die kleinen Dellen und Runzeln an meinem Körper ansehe, bin ich ganz froh, dass dieses Welken der Haut nicht ein ehemals dunkelrotes frühlingshaftes Rosenknospen-Tatoo zur herbstlich blassen Dahlie quellen ließ.

Aber diese Wasserkur tut mir einfach gut. Ich bewege mich im Wasser doch wohl anders als bislang beim Joggen. Das Gefühl beim Abtrocknen, dass sich das Gewebe um Bauch und Po schon fester anfühlt. Und meine Lieblingshose kneift nicht mehr so.

Mehr als das beschäftigen mich jedoch die anderen ‚Anstaltsinsassen‘. Ein paar Male ertappte ich schon die üppige Blondine, die kurz vor mir den Duschraum betreten hatte, beim Rasieren ihrer Beine, obwohl dies untersagt ist. Schnell kaschiert sie ihren Ladyshaver und lässt ihn im Kulturbeutel verschwinden, hält sich aber so lange unter der Dusche auf, bis ich gegangen bin. Einmal ließ ich absichtlich mein Shampoo stehen, um einen Grund zur Rückkehr vorzutäuschen. Tatsächlich war sie schon wieder an ihrem Schienbein beschäftigt.

Grausliche Geruchsnoten gibt es bei den Shampoos. Am schlimmsten ist die Apfelsorte einer Bodybuilderin, die wie ein wandelndes Steak aussieht, weil ihr die Fettschicht fehlt und sich direkt unter der Haut die Muskelfasern bündeln. Ein altes Mütterchen parfümiert sich immer mit Maiglöckchen-Duft. Eine andere Frau, in meinem Alter, trägt ihr Geld offenbar auf die Sonnenbank. Braun wie eine Aktentasche, die Haut aus Pergament, bevorzugt sie eine Waschlotion mit Kokosduft. Die wilde Fa gibt es auch noch, obschon in die Jahre gekommen, trägt sie noch gern Bikini, Größe 46. In den Geruch des Chlors mischt sich Sandelholz-Duft. Fenjala grüßt Tupperdose.

Ja, es gibt viel zu studieren, an diesem Riff mit seinen Putzerfischen. Man hüte sich zum Beispiel vor den giftigen Moränen, die plötzlich neben einem ihre Dusche auf „kalt" stellen und ihre Hände zu Dachtraufen über den Kopf strecken, dass die eisigen Güsse auf ihre Nachbarinnen spritzen. Warum sich manche bloß derartig aggressiv und rücksichtslos gebärden müssen.

Aber auf so was lasse ich mich nicht ein. Ich bleibe cool, auch wenn ich warm dusche. Nur manchmal keimt bei mir die Vorstellung auf, eins dieser grässlichen Weiber mit einem Skalpell zu sezieren, wie einst die Leiche im Anatomiekurs.

Und dann die Kugelfische, die sich unter der Dusche mühselig aus gepanzerten Anzügen schälen und dann, wie aus großen Tiefen heraufgeholt, nackt ihre Form verlieren, quallenartig schwabbeln oder aufgehen wie Rotbarsche.

Zwei uralte Waranen-Weibchen wiederum treten immer gemeinsam auf. Kalt lugen ihre dunklen Augen unter Schlupflidern hervor. Gefährlich wirken sie, wenn sie mit ihren gespaltenen Zungen die Lage peilen und hemmungslos mit keifender Stimme die Tagespolitik kommentieren. Man meint noch die Gruppenführerinnen im BDM-Lager herauszuhören. Durch die eng anliegenden Badekappen wirken ihre Köpfe noch kleiner, als sie sowieso schon sind. Die eine hat wahrscheinlich arg abgenutzte Ober- und Unterkieferprothesen; die Lippen schmale Schlitze, Zähne sieht man nie und das Kinn kommt der Nasenspitze gefährlich nahe. Beim Eintreten schmettern sie immer ein nicht zu überhörendes „Guten Morgen" in den Duschraum, ob es erwidert wird oder nicht. Zäh wie Leder sind die beiden Alten, hart wie Kruppstahl, nur schnell wie die Windhunde sind sie nicht – eher wie alte Wachteln.

Im Grunde ist das Publikum im Frühschwimmerclub sehr überwiegend hellhäutig. Menschen mit einer sichtbar genetischen Abstammung aus anderen Kontinenten fielen vielleicht auf, wenn man danach suchte.

## 05. Schuhmode und Krähenfüße

Bevor man in das Becken eintauchen darf, gilt es die Schuhe zu platzieren. Natürlich will ich mir keinen Fußpilz einfangen und habe die Vorstellung, dass sich trotz der Reinigungstrupps, die man hier und dort mit scharfem Strahl und Schrubber über die Fliesen ziehen sieht, allüberall Sporen in den Fugen aufhalten, die nur darauf warten, sich in eine Falte meiner Sohle oder zwischen meine Zehen zu begeben, um dort eine nicht aufzuhaltende Pilzkultur zu entwickeln.

Dann habe ich mir aber auch wieder gesagt, dass es mehr darauf ankommt, seine Haut ganz normal zu behandeln, damit sie gesund und widerstandsfähig bleibt. Ein gesunder Fuß wird nicht gleich krank, wenn man ihn mal über eine Spore laufen lässt. Nach dem Schwimmen muss man ihn nur gut abtrocknen. Sicherheitshalber desinfiziere ich meine Füße aber immer gleich, wenn ich in die Praxis komme und dort in meinen weißen Kittel steige.

Unheimlich bleibt mir dieses feuchtwarme Klima in der Anstalt dennoch. Anfangs achtete ich sehr auf diejenigen, die neben mir im Duschraum standen. Man schaut sich nicht tief in die Augen, wenn man so nackt ist und sich abseift, blickt allenfalls mal kurz und verstohlen auf den Körper gegenüber und lenkt den Blick dann auf die langweilige Fliesenwand.

Als Anfängerin im Frühschwimmerclub hielt ich den Blick gesenkt, was zwangsläufig die Füße in das Blickfeld bringt. Füße lügen nicht. Die Haut im Gesicht lässt sich straffen, Krähenfüße um die Augen weg-lasern, die Brüste lassen sich aufpolstern, an Bauch und Schenkeln wird geschnitten und abgesaugt, aber alte Füße bleiben alte Füße.

Wie schön hingegen so junge Füße sind, wie anmutig kann man auf ihnen laufen! Nie hätte ich als junge Frau gedacht, dass ich mich einmal für Füße begeistern könnte. Ich bin jetzt keine Fetischistin; auch habe ich keinen Schuhtick entwickelt, lege keine Sammlungen an. Aber ich betrachte gerne schöne Füße. Neidlos. Egal, ob sie an Frauen oder Männern festgewachsen sind. Wobei, nur wenige Männer haben schöne Füße. Vielleicht liegt es an nachlässiger Pflege, an der häufig komischen Behaarung auf den Zehen und dem Spann. Oder schlicht an der Größe. Männerfüße am Beckenrand: Eher kein Grund, aus dem Wasser hochzugucken.

Überhaupt, wie die Beine von alten Leuten aussehen können, es packt einen das Grauen. Krampfadern, die sich von den Waden in die Füße verzweigen und dort ein blaues Gespinst erzeugen, Hammerzehen, Hallux valgus (die man Quasimodo nennen könnte), dicke, gelbliche Hornhaut, die im Wasser quillt, und das nicht nur unter der Sohle, sondern wulstige Ränder um den ganzen Fuß bildet, die dann an der Hacke hochwuchert. Hühneraugen. Gerissene und gequollene Fußnägel, gelbe oder blaue Flecken unter den Nägeln, womöglich Nagelpilz – da hilft auch kein Lack.

Klar, vorsichtshalber habe ich mir dann doch Plastik-Latschen gekauft. Keine Flip-Flops, die zwischen den Zehen scheuern und Eintrittspforten für Keime schaffen, nein, auch keine Adiletten, keine

Marken, keine Zeichen, kein Aufdruck, keine Werbung.

Ich weiß nicht einmal, wie sie heißen. Sohle, Fußbett und Steg sind fugenlos eins, hellgrau, aus leichtem Plastik, gekauft bei einem Schuh-Billigmarkt in der Nähe. Auf ihnen gehe ich von meinem Schrank bis unter die Dusche, dann an den Beckenrand zur Badeleiter, stelle sie dort neben die anderen und nie, nie sah ich ein gleiches Paar dort stehen, obwohl sie doch Massenware sein müssen. Bislang hat mein Paar keine Begehrlichkeiten geweckt, stets standen sie treu und warteten auf mich. Wahrscheinlich sind sie für eine Diebin zu billig und wahrscheinlich geht es den anderen Frühschwimmern mit ihren Gedanken bezüglich Pilzsporen ähnlich wie mir; sie vermuten, dass meine Latschen längst verseucht sind und ich denke es von ihren. Ich schlüpfe in meine Schlappen, da weiß ich, was ich hab´, und wenn es auch noch so schön schrille andere geben mag, ich wollte sie nicht tragen.

## 06. Traurige Tage bewältigen

In den Frühschwimmerclub bin ich eingetreten, als es für meinen Mann noch Hoffnung gab. Ich ahnte nicht, dass er nie zur Krebsvorsorge gegangen war, obwohl ich ihn ab und an daran erinnert hatte, insbesondere, wenn ich zur Mammographie ging. Seine Ahnungen und die ersten Symptome hat er verschwiegen, sie vor mir versteckt. Ich ärgere mich, dass ich nicht achtsamer war. Ich schlafe tief und fest, bemerkte nicht, dass er regelmäßig, schließlich mehrmals nachts das Bett verließ. Als er es endlich eingestand, dass er Beschwerden mit der Prostata habe, war ich nicht sonderlich beunruhigt, hielt ich es für etwas Lästiges, womit sich viele Männer etwas fortgeschritteneren Alters herumschlagen, was man aber beheben könne.

Dass ich ihn zum Urologen begleitete, wollte er nicht. Das akzeptierte ich. Sehr viel später, da lag er schon im Sterben, haderte ich mit mir, dass ich mehr hätte tun können. Machte mir Vorwürfe, ihn nicht gedrängt zu haben. Aber er hat doch immer so auf seine Eigenständigkeit gepocht. Eigentlich ist er drei Jahre lang gestorben. Als ich mich beim Leichenschmaus dazu hinreißen ließ und den Versammelten die Wahrheit sagte, nämlich, dass er ruhig auch schon zwei Jahre früher hätte sterben können, da gefroren die Gesichter. Aber so ist es. Uns wäre doch beiden viel Leid erspart geblieben. Ihm die Schmerzen, die Entwürdigung. Mir die Hilflosigkeit. Die Lügen und die vergeblichen Hoffnungen. Das Mitansehen des Verfalls.

Auch als er schon mit dem Tod rang, bin ich zum Frühschwimmerin gegangen. Um fünf Uhr morgens bin ich zu ihm ans Bett gekommen. Im ehemaligen Kinderzimmer unseres Sohnes. Nachdem unsere Tochter ausgezogen war, hatten wir ihr Zimmer zu einem Gästezimmer umgebaut, wo ich manchmal auch Schreibarbeiten erledigte, Fortbildungsliteratur las oder ein Nickerchen machte.

Das Zimmer unseres Sohnes ließen wir so, wie es nach dem Auszug war, unfertig. Bett, Schreibtisch und Kommode fehlten. Mein Mann wollte sich dort ein Atelier einrichten, Aquarelle malen oder Radierungen sticheln und drucken, aber es ist nie dazu gekommen.

Als er nach erneuter OP, Chemotherapie und Reha das zweite Mal nach Hause kam, hatte ich das Zimmer schon mit einem elektro-motorisch verstellbaren Krankenbett mit Galgen ausgestattet. Ein Chemieklosett-Stuhl stand bereit, ein großer, dicht schließender Windeleimer.

Mein Mann fügte sich. Sah ein, dass er in unserem Ehebett im Schlafzimmer nur liegen, aber nicht allein wieder hochkommen könnte. „Das ist mein Ziel, Liebes, dass ich wieder in unser Lotterbett kommen kann, auch wenn es wohl nicht mehr klappt mit dem Lotterleben." „Aber wir können vom Lottern träumen und uns in den Arm nehmen", tröstete ich ihn. „Sieh zu, dass du wieder kräftiger wirst."

Um Fünf gab ich ihm seine schmerzstillende Spritze, wechselte den Katheterbeutel, tat, was zu tun war. Wortlose Routine, müde vom Kampf. Dankbar blickte er mich an, wenn die Injektion wirkte, schlief langsam wieder ein. Dann ging ich in die Küche, mein Knäckebrot essen und den Kaffee trinken, warf einen leeren Blick in die Morgenzeitung. Bis ich mich kräftig genug fühlte, mich aufs Fahrrad zu schwingen und gen Schwimmoper zu radeln. Der Pflegedienst hatte einen Schlüssel, würde später kommen, ihn waschen, das Bett richten, Frühstück hinstellen.

Auf dem kurzen Weg dorthin fiel eine Last von mir. Egal, ob es regnete, eisiger Winterwind mir entgegen pfiff oder strahlend die Morgensonne aufging. Im Wasser würde ich meditieren. Mir nichts vorstellen. Schwimmen. Wie ein Fötus schwerelos im Fruchtwasser schweben. An nichts denken. Na ja, die Uhr würde ich im Blick behalten. Beizeiten würde die Pflicht mich in die Praxis rufen.

## 07. Kolonne schwimmen

Einmal angelangt im Wasser, steige ich nicht gemessen in die Fluten, wie diejenigen, die ihre Frisuren schonen und nur mal eben baden möchten. Ich habe mir einen praktischen, schnell trocknenden Kurzhaarschnitt zugelegt – nicht unbedingt zur Freude meines Mannes. Wenn Frauen sich die Haare kurz schnitten, sei das kein gutes Zeichen. Ich lachte nur und versicherte, dass dies der Tribut für die Frühschwimmerin sei. Bot ihm an, für ihn ein Haarteil zu tragen und die Bardot zu mimen.

Wenn ich nach dem Duschen ins Becken will, warte ich, bis niemand in der Nähe der Leiter ist. Dann lasse ich meine grauen Plastiklatschen stehen und springe per Fußsprung mit angelegten Armen hinein, obwohl es verboten ist zu springen – aber damit sind wohl die Hechter und Kopfsprünge gemeint, die man sonst nur vom Startblock machen darf.

Ich reihe mich in die Kolonne ein. Gelegentlich gibt es Rüpel, die beim Überholen mit dem Beinschlag ins Gesicht spritzen, schnauben und prusten, einen augenscheinlich unabsichtlich berühren, wenn nicht gar treten. Ich ärgere mich kurz über den Delphinschwimmer, der einfach auf der Rückenbahn in der Mitte durchs Wasser pflügt, als hätte er die Bahn für sich allein gepachtet.

Es gibt diese Drängler auch bei den Schränken. Ich strebe stets zu meinem Lieblingsschrank. Im Zentrum des Blickfelds der Überwachungskamera sicher vor Aufbruch. Der Spind liegt auf geradem Weg zu den Duschräumen. Meines Erachtens ganz logisch und ergonomisch, gerade diesen Platz zu beanspruchen. Neulich hat sich eine, die ihn wohl kannte, auf der Treppe extra beeilt, mehrere Stufen auf einmal genommen, mich überholt und dann triumphierend angeblickt, als sie sich meinen Stammplatz unter den Nagel gerissen hatte. Ich weiß nicht, woher sie mich kannte. Ich hatte sie das erste Mal wahrgenommen und danach nicht wiedergesehen. Vielleicht liegt es diesen Dränglern im Blut, mit sicherem Instinkt darauf bedacht, ihren Vorteil zu nehmen.

Dann gibt es auch diese egoistischen Typen, stellen sich in die Mitte zwischen zwei Föne und nehmen beide in Beschlag, in jeder Hand einen, während andere in die Röhre schauen.

Was soll´s. Ich drängle nicht, wenn jemand langsam schwimmt, überhole eher selten. Manchmal
schwimme ich meine Bahn nicht zu Ende, wechsle
einfach in der Mitte auf die Gegenseite, drehe um,
weil ich dort ungestört mein Tempo schwimmen
kann. Gern halte ich auf der Rückenstrecke meinen
Kopf bis über die Ohren ins Wasser. Dann höre ich
das obligatorische Hallen nicht mehr und stelle mir
vor, dass das Glucksen und die Wellengeräusche
vom Meer kommen. Im stillen Ozean gleite ich dahin..

Dass Wellen über mich hinweg schlagen, stört
mich nicht mehr. Ich habe ja die Schwimmbrille.

Seitdem mein Mann tot ist, gebe ich mich solchen
meditativen Vorstellungen weniger hin. Ich beobachte an mir, dass ich das Außen stärker in den
Blick nehme. Bin ich nicht gerade im Becken,
schaue ich mir die Leute drum herum an. Unter
Wasser studiere ich meine Mitschwimmer durch
die Schwimmbrille. Da stören die Köpfe nicht, lenken nicht ab. Alles, was man sieht, sind Leiber.
Man sieht, wie das Pobackenfett nach dem energi-
schen Beinschlag nachvibriert. Wie Brüste im Aus-
schnitt wabern. Man sieht das Schlackern schlaffer
Oberarme. Oder sehnige Athleten. Man sieht den
Einbeinigen, der seine Unterschenkelprothese am
Beckenrand bei der Treppe verschämt mit einem
Badetuch bedeckt stehen lässt und bizarr mit sei-
nem Stumpf das Wasser pflügt.

Die Träger abgefahrener Badehosen – Rüschen-
anzüge, Neoprenhäute usw. betrachte ich

unvoreingenommen wie Charles Darwin die Eidechsen auf den Galapagos. Alles im Zoom-Modus der Schwimmbrille.

Selten interessiert mich ein Körper, so dass ich meinen Kopf übers Wasser heben würde und mein Blick dem dazugehörigen Menschen folgte, ich sein Gesicht betrachten wollte. Natürlich erkenne ich meine Pappenheimer nun auch schon unter Wasser. Es gibt ein paar sehr hübsche junge Frauen. Eine trägt effektvoll einen strahlend-weißen Badeanzug und schwimmt blitzschnell. Naht sie unter Wasser, schillert sie hellblau wie ein Hering. Einmal bin ich ihr sogar unter die Dusche gefolgt, um sie zu betrachten. Braungebrannt, von Solarium oder Urlaub, sah sie so glücklich aus. So, wie ich mich in jungen Jahren auch manchmal fühlte. Ich beobachtete sie, wie sie sich einseifte und berührte. Ob ich homophile Neigungen hegte, lesbisch veranlagt war? Ich musste mich in Zaum halten, nicht dauernd zu ihr hinüberzublicken.

Dabei gibt es schon auch Herren der Schöpfung, die mir gefallen könnten. Doch beim Kolonne Schwimmen überholen sie mich, konzentriert auf ihr Training, die Interessanten unter ihnen meist rasch. Wenn ich den Wettkampf annehme und mein Tempo steigere, auch kraule, kucken sie eher mürrisch. So habe ich derartige Spielchen aufgegeben. Schließlich geht es mir hauptsächlich um mein körperliches Wohlergehen, um inneres Gleichgewicht.

## 08. Seltsam geteilte Sicht

Meistens treibt mich die Uhr aus dem Wasser. Von der Kraft und Ausdauer her könnte ich noch weiterschwimmen. Aber mein Team und die Patienten warten. Und sicher hat es auch etwas für sich, dass man arbeiten muss und nicht zu viel Zeit zum Grübeln oder dumme Gedanken hat. Und wenn es gut war, das Leben, dann ist es voller Arbeit gewesen, sagt man. Steht glaub ich so in der Bibel, Prediger Salomo. Ich weiß es auch sehr wohl zu schätzen, dass ich eine Arbeit und Aufgabe habe, die Sinn macht, mich erfüllt. Das Schwimmen kein Ersatz dafür ist, sondern Ausgleich.

Einmal drehte ich mich nach dem Aussteigen an der Leiter noch einmal um und schaute über das Becken. Wie lächerlich das aussah. Die Köpfe, merkwürdig abgetrennt Kolonne schwimmend, dümpelnde Bälle im Strom, driftende Bojen. Und welch ein Kontrast zu dem Blick durch meine Schwimmbrille unter Wasser: Kopflose Körper, mechanisch strampelnde Puppen, von magischer Kraft an der glitzernden Oberfläche gelenkt und geführt.

Von solchen Fantasien musste ich Abstand nehmen, kalt duschen, den Kopf frei kriegen für meine Konzentration fordernde Arbeit: Karies behandeln, Wurzelkanäle ausfeilen, Implantate wohl dosiert in Knochendübel schrauben, Injektionen so verabreichen, dass der Patient keinen Schmerz erleidet, dabei jede Überdosierung vermeiden. Ich höre mich die immer wieder die gleichen Reden schwingen.

Von der Mundhöhle, in der Zahnstein wächst wie in einer Tropfsteinhöhle, Speichel ist kein destilliertes Wasser. Bloß keine Fachsprache über die Lippen kommen lassen. Mit dem einen leutselig, mit dem anderen sachlich, aber eben deutsch und nicht lateinisch. Meine armen Mitarbeiter, die meine Sprüche kennen, Scherze wie: „Ich hätte Ihnen ja gern gezeigt, wie toll ich bohren kann, aber ich habe ja leider kein Loch gefunden...". Aber die Patienten sind dankbar für die erklärenden Worte und kleinen Scherze. Der Strom der Hilfesuchenden ebbt nicht ab, der Tag geht herum. Wenn der letzte gegangen ist und ich ein paar nette Worte mit der Putzhilfe gewechselt habe, erfasst mich angenehme Müdigkeit, ein wenig Hunger lässt den Magen knurren und es treibt mich nach Hause. Ich bin nicht einsam.

Zu Hause habe ich mich eingerichtet, geht es seinen Gang, Zeitung lesen, Fortbildungsangebote studieren, Nachrichten sehen, Abendbrot essen, das TV-Angebot prüfen, ein Buch zur Hand nehmen. Bis ich auf die Uhr blicke und überlege, ob ich es am nächsten Morgen wohl in den Frühschwimmerclub schaffe oder einen Tag aussetzen sollte. Manchmal telefoniere ich mit alten Bekannten.

So war es schon, als mein Mann noch lebte. Obwohl wir natürlich auch den Tag besprachen, von den Kindern und von Freunden redeten, Einladungen abwogen, Termine abstimmten, Reisen planten – alles Themen, die ich allein nicht bewegen mag. Die sich auch nicht ergeben. Schon lange hat mich

niemand mehr eingeladen, mit ins Theater zu kommen, einen Film anzusehen oder die Oper zu besuchen. Meine Kinder haben ihre eigenen Interessen.
Enge Freundinnen sind mir abhandengekommen.
Daran bin ich nicht ganz schuldlos. Ich werde mich
wieder bemühen müssen. Ich sollte wieder Kontakt
zu meiner Cousine aufnehmen.

## 09. Panoptikum

Im Umkleideraum riecht es mitunter absonder-
lich. Der süßliche Duft erinnert mich an meine
Schulzeit, aber ich kenne die Quelle nicht, weiß die
Note nicht zu beschreiben. Der Geruch liegt in der
Luft, ist an manchen Stellen intensiver und an
manchen Tagen gar nicht zu bemerken.

Neulich traf ich beim Anziehen eine Patientin, die
gerade angekommen war und sich auskleidete. Erst
konnte sie mich nicht einordnen, da ich ihr ja sonst
nur im weißen Kittel begegne, nicht nackt, und mir
fiel ihr Name nicht ein. Endlich kam ich drauf, begrüßte sie namentlich und mit: „Bin Ihre Zahnärztin...", da hob sie überrascht eine Augenbraue an
und meinte ein wenig blasiert: „Das hätte ich nicht
gedacht, Sie hier zu treffen." Sie setzte hinzu, dass
sie sonst in der „Hohen Weide" schwämme, weil
man dort das Außenbad nutzen könne, im Sommer
sogar die alten 50-Meter-Bahnen des „Kaifus". Die
seien auch nicht so unangenehm warm temperiert.
Nur würden in jenem Schwimmbad gerade die Um-
kleideräume renoviert, weshalb sie es für ein paar
Tage in der Schwimmoper versuche. Routiniert

legte sie einen Brustgurt für Schwimmer an, der, mit dem Fühler über dem Herzen platziert, per Funk mit ihrer wasserdichten Puls- und Stoppuhr am Handgelenk korrespondiert. Dann streifte sie ihren sportlichen Schwimmanzug über.

Weiter führte sie aus, dass sie zu einer Gruppe ambitionierter Managerinnen gehöre, einem verschworenen Netzwerk, das sich neben dem Frühschwimmen auch dem Rennradsport verschrieben habe; die Cyclassics führen sie aber nicht mehr mit. Offenbar war ihnen diese Veranstaltung zu prollig. Prompt folgte die beiläufige Erwähnung, dass sie sich vorgenommen habe, für den Hamburger Triathlon zu trainieren. Demnächst würde sie mit ihrer Gruppe ein paar Tage zu einer verlängerten Trainingseinheit nach Hainan aufbrechen. Die Managerin musterte mich. Wir waren in etwa gleichaltrig. Doch ich brauchte mich – selbst weniger ambitioniert als sie – nicht zu schämen, auch sie wartete mit ein wenig Hüftgold auf. Und wo Hainan lag, wusste ich auch. Allerdings nicht, wie ich das jetzt anbringen könnte. Wir wünschten uns gegenseitig einen guten Tag und gingen unserer Wege.

Auf der Treppe nach draußen beobachtete ich dann noch das Händchen haltende Pärchen, welches mir schon ein paar Mal aufgefallen war. Er graumelierter Endvierziger, sie vielleicht Anfang dreißig.

Die beiden schwimmen getrennt, treffen sich dann am einen Ende der „Normalo-Bahn", um sich am Beckenrand kurz auszuruhen, dicht beieinander Dehnübungen an der Überlaufrinne zu machen und sich dabei verstohlen zu berühren. Sie sprechen leise miteinander, lächeln sich hin und wieder an, um dann unauffällig in Richtung Familien-Umkleideraum zu verschwinden.

Wenn ich morgens ankomme, sehe ich entweder sie oder ihn ebenfalls ankommen. Offenbar kommen sie also getrennt und sind doch ein Paar. Ob sie eine Affäre unterhalten. Bestimmt. Wahrscheinlich haben sie Sex in der Familien-Umkleidekabine. Aber so neugierig, mich davon zu überzeugen, indem ich ihnen gefolgt wäre, war ich nun doch nicht. Allein die Vorstellung, mich gar in der Nachbarkabine auf den Boden gelegt zu haben, um durch den breiten Spalt unter der Bretterwand zu sichten, wie sie es miteinander trieben, mit dem Ohr an der Wand unterdrückte Seufzer und verhaltenes Stöhnen dem Grad der Erregung und Lust nachzuspüren, beflügelte meine eigenen Gelüste nach so einer Affäre. Auch wenn mir dabei kein bestimmter Mann vor Augen schwebte. Einfach einer, der mir den Badeanzug abstreifen und mich packen würde, während ich meine Hände um seinen kräftigen Nacken legen könnte. Stattdessen schwimme ich mechanisch weiter, ein wenig melancholisch ob dieses zerbrechlichen heimlichen Affären-Glücks, über Wochen und Monate hinweg, das sich in dieser technischen Anstalt vollzieht.

Während ich die Treppe hinter dem Pärchen hinauf Richtung Drehkreuz und Ausgang stieg, kam mir eine Person entgegen, die ich früher vulgär als Transe tituliert hätte – aber jetzt bin ich älter, klüger und hüte mich davor, Mitmenschen in schreckliche Schubladen zu sortieren. Ja, in unserem Frühschwimmerclub ist alles vertreten. Im Grunde ein Zerrspiegel der Gesellschaft. Nur Menschen mit dunkler Hautfarbe oder noch frischen orientalischen Wurzeln tauchten eher nicht auf. Aber sicher gibt es hier dieselbe Mischung an Linken, Liberalen und erstarrten Konservativen, an mehr oder weniger Kriminellen – etwa Steuerhinterziehern – und Gesetzestreuen, an Harmlosen und solchen mit Obsessionen wie in anderen Einrichtungen, da würde sich das Schwimmbad nicht vom Katasteramt unterscheiden.

Was heißt das eigentlich, normal. Bin ich normal, weil ich mich hetero fühle, kam mir in den Sinn, als ich an ihm oder ihr vorbeiging, und er oder sie ist nicht normal. Sie oder er, ein wenig auffällig gekleidet die Treppe hinunterbewegend, den inneren Schweinhund überwindend, um sich so angezogen, frisiert und geschminkt in der Öffentlichkeit zu zeigen und fit zu bleiben.

Die Transsexuellen bekommen ihre Wandlungs-OP doch nur von den Chirurgen, wenn ein psychiatrisches Gutachten vorliegt, welches diesen Eingriff rechtfertigt. Die Psychiater wiederum fordern, dass der wandlungswillige Mensch die zukünftige Rolle ganz praktisch übt. Der Chirurg ist angehalten, sich zu vergewissern, dass es sich bei der Prozedur einer solchen Geschlechtsumwandlung nicht um eine leichtfertige Laune handelt. So, wenn er etwa Brustimplantate einbaut, oder, schwerwiegender, aus einem Penis eine Vagina mit Schamlippen und funktionierender Harnröhre machen soll. Dieser ehemalige Mann oder diese in einen Männerkörper eingesperrte Frau war mir das erste Mal nur wegen ihrer großen, männlich wirkenden Füße und den kräftigen Waden aufgefallen. Sie stand in ihrem Badeanzug in unserer Dusche und drehte mir ihren Rücken zu, so dass ich sie ungeniert mustern konnte. Die Hüften schmal, wenig Taille, der Rücken breit. Im ersten Moment dachte ich, es sei vielleicht eine der Schwimmerinnen, die für Olympia trainieren. Sie trug einen hochgeschlossenen Sportbadeanzug und als sie sich umdrehte, drückten sich unter dem Oberteil des Anzugs ausgesprochen wohlgeformte Brüste ab. Vielleicht waren es auch nur Attrappen, Schaumgummi-Prothesen. Erst später trug sie Badezeug, das mehr Einblick gewährte. Sie hatte lange Haare und ein hübsches Gesicht, das Kinn vielleicht eine Spur zu kräftig. Aber die Hände, um nicht zu sagen Pranken, wie groß die waren, wenn sie sich mit ihnen beim Duschen durch die Haare fuhr. Und mochte sie auch einen noch so engen Slip unter dem dunkelblauen Badeanzug tragen, zeichnete sich da zwischen den Beinen verräterisch etwas ab, was dort bei einer Frau nicht hingehörte. Sie ging vor mir aus der Dusche zu ihrem Schrank und nahm den Bügel mit dem sorgfältig aufgehängten Kleid, die blickdichte Strumpfhose, die Schuhe und den kleinen

Schminkkoffer mit in die Einzel-Umkleidekabine. Vor allen anderen zog sie sich nicht um, und als ich den Umkleidebereich schon verließ, war sie noch schwer vor dem Schminkspiegel beschäftigt.

Tage später sah ich sie mit einer Schicksalsgenossin. Der merkt man allerdings wesentlich deutlicher an, dass die ursprünglichen Hormone noch starken Haarwuchs am Körper produzierten. Sie war stoppelig-rasiert und besaß einen wirklich männlich geformten Körper. Chirurg und Internist würden hier möglicherweise vor eine schwerere Aufgabe gestellt.

Die beiden unterhielten sich angeregt. Vielleicht kamen sie aus einer gemeinsamen Selbsthilfegruppe, aber warum mache ich mir darum eigentlich Gedanken, ist das Neugierde, sind das alte Vorurteile und soziale Prägungen. Angesichts dieser Überlegungen kam mir mein eigenes Witwen-Schicksal belanglos vor. Mein Mann war gestorben, mein bisheriges Leben hatte sich radikal geändert, aber gefangen in einem fremden Körper, das war ich nicht. Ich lebte „ganz normal" in meinem eigenen natürlichen Körper, hoffte, dass diese Glasscheibe, die Brille zwischen mir und der Welt, die verdrehte Sicht darauf, sich irgendwann wieder zurechtruckeln würde, ich nicht länger grübeln müsste, sondern heiter das Leben nehmen wie es kommt. Ich war müde, zugleich aber auch geduldig.

## 10. Angebote

Nach der ersten Krebs-OP und der Chemo-Therapie hatte mein Mann seine Angestellten entlassen und die Anwaltskanzlei aufgeben müssen, seinen Mandanten Empfehlungen gegeben, an wen sie sich wenden könnten, weil er dort vielleicht noch angestellt weitere Aufträge bearbeiten würde.

Erst konnte er sich, abgespannt, ausgezehrt und lustlos, nicht mehr auf die Schriftstücke konzentrieren. Später sollte sein Zustand sich für einige Zeit stabilisieren. Aber er wirkte antriebslos, gedämpft, war oft melancholisch und verlor zunehmend das Interesse an der Juristerei.

Als meine Kollegin nach ihrer Scheidung, der neuen Liebe und im Zuge des Umzugs in eine andere Stadt unsere Sozietät auflöste, kam mir das finanziell gelegen. Ursprünglich hatten wir unsere kleine Praxis in Schichten betrieben, um neben dem Beruf unseren Kindern und dem Familienleben gerecht zu werden. Jetzt kaufte ich ihr ihren Anteil ab, denn von nun an war ich Alleinverdienerin, wollte volltags die Praxis führen, während mein Mann die Hausarbeit übernehmen und einige wenige Auftragsarbeiten von befreundeten Kollegen von zu Hause aus erledigen würde.

Es waren Inkontinenz, Appetitlosigkeit und die zunehmende Schwäche, die ihm zu schaffen machten. Andauernd war er erkältet. Er hatte wieder begonnen zu rauchen. Ob die Impotenz rein organisch oder psychosomatisch begründet war, darüber mochte er nicht mit mir reden. Ich hatte die Ärzte im Krankenhaus befragt und man hatte uns beiden Hoffnung gemacht. „Sie müssen Geduld haben." Notfalls gäbe es da auch Hilfsmittel, die man implantieren könne. Eine psychologische Betreuung wies mein Mann weit von sich.

Unsere Kinder studierten noch, wobei sich bei der Tochter abzeichnete, dass sie nach dem Auslandssemester nur kurz für das Examen zurückkehren und dann ihrem Lebensgefährten in die USA folgen würde. Unser Sohn arbeitete neben seinem Informatikstudium bereits in einem Start-up-Unternehmen von befreundeten, bereits diplomierten Jung-Informatikern, hatte eine eigene kleine Einzimmerwohnung bezogen und so gut wie nie Zeit. Anlässlich der üblichen Familienfeste, Geburtstage und der großen kirchlichen Feiertage kamen wir zusammen und genossen die familiäre Atmosphäre; wir Eltern riefen Erinnerungen an gemeinsame Erlebnisse und Ferien wach, schauten in die Fotoalben, die Kinder forderten Tradition ein beim Essen und im Ablauf „so wie früher". Aber es war nicht wie früher. Es war anstrengend für mich und meinen Mann. Ich glaube, auch er wünschte sich, dass die Kinder bemerken würden, dass es uns mit den Jahren schwerfiel, den von ihnen eingeforderten Ritualen „wie früher" nachzukommen, dass sie Rücksicht nähmen. Aber gesagt haben wir es nicht. Und woher sollten sie so viel Lebenserfahrung und Weitsicht nehmen. „Toll, dass es dir wieder so gut geht, Paps." „Genial, wie ihr den Alltag wuppt, echt `ne moderne Beziehung." Wir waren froh, als sie das Haus wieder verließen und das ständige Handy-Telefonieren und Nachrichten-Gesende bei Tisch, nicht selten mitten im Gespräch, aufhörte. Auch die ewigen Kappeleien zwischen den Geschwistern nervten. Zank um den Radiosender oder das Fernsehprogramm. Flashback in pubertäres Verhalten. Trotzdem, manchmal sehnte mein Mann sich zurück in die unbeschwerte Zeit, als beide noch in die Grundschule gingen und er ihnen die Welt erklärte.

Für die Ehrenämter in Kammer und Anwaltsverein hatte mein Mann nicht wieder kandidiert. Jeder Mensch ist ersetzbar. Schnell hatten sich die Kontakte zu den Standespolitikern reduziert. Und wie stark berufliche und private Interessen verflochten sind, ist uns schmerzlich bewusst geworden. Ohne das gemeinsame standespolitische Anliegen versiegte auch das private Miteinander.

Eine tödlich-bedrohliche Erkrankung wie Krebs verunsichert, ängstigt. Wie damit umgehen? Spricht man die Krankheit an, will man wirklich wissen, wie es um den Kranken steht, und überhaupt, will er selbst das wissen? Als herrschte Ansteckungsgefahr, gehen die Gesunden dem Kranken aus dem Weg.

Der Schlauch in der Luftröhre im Zuge der Narkose während der OP hatte die Stimmbänder lädiert. Der Chorleiter gab meinem Mann zu verstehen, dass er gern gesehener Zuhörer, seine Stimme jedoch nicht mehr gefragt sei. Mein Mann hatte auch selbst keine Freude mehr an seinem Gesang.

Fortan besuchte er die Chorproben nie mehr. Nach einigen ausgeschlagenen Einladungen zu Auftritten brachen die Kontakte auch zu den Sängern ab.

Ein paar Schulfreunde hielten ihm die Treue. Turnusmäßig trafen sie sich alle sechs Wochen zum Skat. Obendrein – nach „Sieben Wochen ohne "- zum rituellen Fastenbrechen am Ostersonnabend, zum Mittsommerfest, zum Glühweintrinken, zum Grünkohlessen. Nur schaffte es mein Liebster kräftemäßig einfach nicht mehr, bei all den Treffen zugegen zu sein.

Als nach dem Wiederauftreten des Krebses, nach erneuter OP und Chemo immer seltener Skat am Krankenbett zelebriert wurde, erhielt ich zudem ein Angebot der besonderen Art. Mein Mann lag erschöpft in seinem Bett im Kinderzimmer. Die Skat-Kumpane hatten sich bis auf einen verabschiedet, der noch einmal die Toilette aufsuchte. Als er mich zum Abschied umarmte, flüsterte er mir ins Ohr, dass es ihm so leidtäte, wie mein Mann immer kraftloser würde. Bis dahin hatte ich die Fassung bewahrt, die Herren bewirtet, mich aber vom Ritual des Skatspielens selbst zurückgezogen und war nur bei der Verabschiedung wieder in Erscheinung getreten. Alle hatten mich, meine Schnittchen, die Gulaschsuppe gelobt und mir Stärke und Zuversicht gewünscht. Und jetzt raunte mir dieser Kerl ins Ohr, dass er mich bewundere, wie ich das nun schon Jahre lang aushalte, wie ich den Mann pflege. Er frage sich, woher ich die Kraft nähme. Wenn der Pflegedienst abends mal die Betreuung übernähme, dann würde er mich schon auf andere Gedanken bringen können. Gern würde er mich einmal in ein gutes Restaurant ausführen oder ins Kino mit mir gehen. Und bei diesen Worten drückte er mich fest an sich. Seine Hand glitt an meinem Rücken herunter und berührte mich am Po. Ich drängte ihn ab und verbat mir diesen säuselnden Ton ebenso wie die Zudringlichkeiten. Es sei besser, wenn er ginge. Er kam nie wieder. Nicht mal zur Beerdigung. Immerhin beteiligte er sich an dem Kranz der Skatbrüder.

Nach der Beerdigung war ich die Witwe. Was meine Mutter schon beklagte, ich aber nie geglaubt hatte, erlebte nun auch ich. Von den Frauen unserer Freunde wurde ich zum Kaffeeklatsch in Damenrunden gebeten. Aber zu abendlichen Essen oder zu Partys, bei denen vielleicht getanzt würde, erhielt ich keine Einladungen mehr. Als sei ich plötzlich auf Raub aus, würde anderen den Mann abspenstig machen.

So blieb ich allein, ging in mein Aquarium, in meine Praxis. Abends fand ich mich vor dem Fernseher wieder oder surfte im Internet.

Ich versuchte es mit Fortbildungs-Angeboten, die mir die Wochenenden verkürzen sollten. Einerseits hatte ich ja Interessen und die Veranstaltungen, die ich besuchte, befassten sich mit meinen Themen, meiner Arbeit. Andererseits ermüdete ich schnell, musste ja Neues lernen. Konnte in meinem gewohnten Trott nicht fortfahren. Abends, wenn die Kurse sich dem Ende zuneigten, nahm ich wohl die geselligen Runden wahr, das „Get-together". Doch schnell fiel ich in die Rolle der Beobachterin. Schätzte ab, wer ehrlich war, wer wichtigtuerisch war und prahlte. Ich analysierte die Gesprächsbeiträge, die verbale und nonverbale Kommunikation, fragte hier und da nach, um zu checken, was hatte das alles mit mir zu tun, mit meiner Lebenswelt. Um schließlich festzustellen, dass sich das alles mit meiner ureigenen Weltsicht nicht mehr vermittelte. Mich da irgendwie noch einzubringen, war ich viel zu müde. Die meisten Kolleginnen und Kollegen waren ohnehin jünger. Und nachdem ich so ein Wochenende mehr oder weniger sitzend verbracht hatte, freute ich mich schon sehr auf mein Frühschwimmen.

### 11. Downloaden und upgraden

Kurz bevor ich montags in den Duschraum strebe, erreicht meist eine Gruppe von Yuppie-Frauen den Umkleideraum. Man hört sie schon von weitem, wie sie lautstark den Flur entlangkommen. Sie haben im Eingangsbereich aufeinander gewartet, ein wenig geklönt, Handys gecheckt, bis die Gruppe vollständig ist, und dann geht's im Pulk die Treppe hinunter zur Trainingseinheit.

Beim Umziehen dann der Wochenendbericht: Partys, Konzerte, Kurztrips in angesagte Städte, Barcelona oder Istanbul, Lisboa oder Liverpool, Lille gegen Graz, Helsinki versus Dublin – alles special offers, incentive tours, kurz gecheckt, dann downgeloaded. Man freut sich, wenn ein Ticket von der Airline unverlangt upgegraded wurde. Shopping till dropping. Cocktails bis zum Abwinken, beautiful people in VIP-Bars.

Aber nun ist das weekend over. Die vice-direktors, premier key account manager oder wie die seltsamen Abteilungsleiterinnen sich auch immer nennen mögen, schälen sich aus ihrem dresscode. Kostüm oder Hosenanzug, gedeckte Farben, Nadelstreifen. Beiläufig zeigen sie edle Dessous und danach wird ein neues Feld eröffnet:

„Was hast du heute auf dem Plan, welches Projekt?"

„Um neun ein Meeting; ich muss mich noch briefen lassen, wie Sievers den Etat einschätzt."

„Bange machen gilt nicht. Der Kerl hat erst kürzlich eine Schlappe eingefahren und ist in der Gunst bei Weimann gefallen. Ich mail dir mal die Eckdaten seines letzten Feldzugs, dann kannst du ihm Paroli bieten."

„Ne, keine Mails. Ich weiß nicht, ob wir im Intranet nicht unter Überwachung stehen. Von unserem Networking braucht niemand zu wissen. Schick´ mir die Daten auf mein privates I-Phone, da checke ich die Sache und lösche danach alles gleich wieder."

Es werden Stellenangebote diskutiert, Zulagen, Boni. Alles berauschend wichtig. Doch bevor die sich ganz umgezogen haben, bin ich schon unter der Dusche. Aus dem Augenwinkel sehe ich sie dann von meiner Rückenbahn natürlich zur Tempobahn streben.

Einmal hat die eine in dem pinken Anzug und mit der schwarzen Badekappe in Haiflossenform gemeint, in der Rückenbahn gegen mich antreten zu wollen. Sie hat sich in die Mitte gelegt, um mich zu überholen. Aber ich habe mich nicht überholen lassen. Und wenn mir das Herz auch im Hals schlug, ich habe die 50 Meter gewonnen und sie ist dann wieder in ihre Vorwärts-Tempo-Bahn eingelenkt. Da hatte ich längst gewendet und war auf dem Rückweg.

Dazu hatte ich mich nur einmal hinreißen lassen. Eigentlich ist mir so ein Gehabe zu blöd. Lieber sinniere ich über Gott und die Welt, meditiere, lass mich vom Wasser schaukeln. Vielleicht sollte ich diese Gedankenblitze einmal aufschreiben? Kleine Essays daraus machen? Neuerdings kommen mir immer wieder Seepferdchen in den Sinn, wenn ich auf dem Rücken schwimme. Die langsamsten Tiere der Welt und einzigen Fische, die sich senkrecht durchs Wasser bewegen, bei denen männliche Exemplare die Babys kriegen. Ob das tiefenpsychologisch von Bedeutung ist?

Als Schülerin hatte ich vor dem Schwimmunterricht Biologie. Und in Biologie, der ,Lehre vom Leben', wurden wir auch aufgeklärt. Mir machte es damals große Sorgen, dass Jungen im Wasser ejakulieren könnten, die Samen womöglich in meinen Badeanzug gelangen und ich schwanger werden könnte. Meine Mutter, der ich meine Not gestand, versuchte mich zu beruhigen, dass das gechlorte Wasser die Spermien erstens verdünnen und dann absterben lassen würde, aber ganz entkräften konnte sie meine Theorien nicht. Noch heute verbiete ich mir die Vorstellung, was dort an Sekreten im Schwimmwasser treibt.

## 12. Tod im Wasser

Mein tägliches Schwimmen sehe ich ganz pragmatisch. Es macht mir Spaß, ins Wasser zu gleiten. Vielleicht ist es eine geheime Lust, eine stark verschüttete Erinnerung an Fruchtwasserzeiten. Das Leben kommt aus dem Wasser. In irgendeiner Urpfütze sollen sich Zellen gebildet haben, in denen geordnete chemische Prozesse abliefen. Die Zellen konnten sich dann teilen, Zellkolonien bilden. Bis zum komplexen, Luft atmenden Menschen war noch ein langer Weg. Wasser hat keine Balken, heißt es. Unter Wasser bekommt man normalerweise keine Luft, versucht man, dort zu atmen, ertrinkt man. Für Erkenntnisse dieser Art braucht es keine besondere Intelligenz. Es lässt sich trotzdem viel über Wasser nachdenken, besteht der Mensch doch angeblich zu 67 % aus Wasser. Ich habe noch niemanden ausgepresst wie einen Schwamm. Aber ich kann mir vorstellen, dass ich wie eine Qualle auf trockenem Sand verdorren könnte, wenn man mich ohne Wasser in die sonnendurchglühte Wüste sperrte. Ich kann aber nicht glauben, dass ich hier in Deutschland tatsächlich tagein tagaus drei Liter Wasser am Tag trinken muss, um gesund zu bleiben. Das ist sicher eine Finte. Erfindung irgendeines Schlaumeiers, der mit seiner These prahlte und genügend Nachäffer und Abschreiber fand, die diese nun, unbewiesen, in aller Welt kundtun. Je mehr es behauptet wird, desto eher glauben die Menschen daran. Vorsichtshalber habe ich mir aber immerhin einen Halbliter-Bierkrug in mein Privatkämmerchen in die Praxis gestellt. Ich fülle diesen Krug drei Mal über den Tag mit Leitungswasser und trinke es so nach und nach. Das sind also 1,5 Liter. Dann trinke ich morgens noch zwei Becher Kaffee und abends vielleicht noch einen halben Liter Tee, manchmal Wein oder Bier. Dazu esse ich den Tag über Obst und Gemüse, was beides Wasser enthält, und dann halte ich mich, schwimmend, auch noch im Wasser auf – das muss doch wohl reichen.

Zuviel Wasser ist jedenfalls schädlich, wie erst kürzlich ein Mitglied des Frühschwimmer-Clubs es bewies, denn er ertrank. Ich selbst habe ihn nicht gekannt und hatte es auch gar nicht bemerkt. Er hielt sich in der vierten breiteren Bahn für geselliges Treibgut aller Jahrgänge auf. Die beiden Waranen-Weibchen kannten ihn natürlich und von ihnen erfuhr ich auch zufällig die Umstände seines Todes.

Ich selbst habe ihn gar nicht wahrgenommen und kann mich an eine bewusste Begegnung nicht erinnern. Das ist kein Wunder, denn ich schwimme nie in der vierten Bahn. Letztlich tut es auch nichts zur Sache, dass er keine auffällige Badekappe trug, keine seltsame Tätowierung, seinem Alter entsprechend ein ganz normaler Schwimmer zu sein schien, ein Mitglied unter vielen im Frühschwimmer-Club.

Ich erinnere mich allerdings an die gestrige Aufregung, und ehe ich noch begriff, was das Schrillen der Sirenen, das Blinken und Blitzen des Blaulichts zu bedeuten hatten, sah ich auch schon Bäderland-Mitarbeiter sich im Laufschritt mit einer Art rollender Krankentrage in Richtung Sprungturm bewegen. Am Beckenrand darunter hatten ein Bademeister und zwei oder drei Helfer einen leblos wirkenden Mann aus dem Wasser gezogen. Er wurde auf die Trage gelegt und dann rasch den Blicken von uns anderen entzogen. Das Bäderland-Team rollte mit ihm durch eine Tür im Seitentrakt und verschwand.

„Achtung, Achtung, dies war eine Notfall-Übung. Bitte bewahren Sie Ruhe. Sie können ihr normales Schwimmtraining fortsetzen!", behauptete ein Lautsprecher.

Etliche Schnellschwimmer in der Tempobahn und auch die Rückenschwimmer hatten von dem Spuk nichts mitbekommen. Die meisten Frühschwimmer sind Singles. Sie kommen zum frühen Training und sind ungeübt im Smalltalk. So nahm die Mehrzahl nach dem Zwischenfall ihre gewohnte Tätigkeit wieder auf. Nur einige wenige unterhielten sich bang über das Geschehen und wieder andere verließen das Wasser früher als sonst.

Am nächsten Tag war ich dann Ohrenzeuge, als die beiden Waranen-Weibchen einer dritten Alten, die kurz vor mir den Duschraum betrat und mir die Tür aufhielt, von dem Vorfall berichteten.

„Ach, Frau Dr. Karbi, haben Sie schon von dem tödlichen Badeunfall gehört?", begann der Waran mit den schmalen Lippen.

„Nein." Entgeistert stellte sich die kleine zierliche Frau Dr. Karbi in ihrem großgeblümten Badeanzug zwischen die beiden Großreptilien und hörte trotz des rauschenden Duschwassers, das auf sie niederprasselte, aufmerksam zu.

„Stellen Sie sich vor, Herr Karpfanger ist gestern ertrunken."

„Wo? Hier in der Schwimmhalle?"

„Genau, leider."

„Es war grauenvoll", schaltete sich nun die zweite Waranen-Frau ein. „Keiner von uns hatte ihn vermisst. Wir haben alle gedacht, er wird wohl am anderen Ende sein. Herr Michelsen hat ihn wahrscheinlich zuletzt gesehen, als er ihm auf seiner Bahn entgegenkam."

„Hat denn niemand gesehen, dass er untergegangen ist?"

„Der Bademeister kann nicht jedem hinterher gucken, der mal eine kleine Strecke taucht."

„Ach, hat er getaucht?"

„Man weiß es nicht. Eigentlich tauchte er ja nicht, nur so beim Schwimmen mal mit dem Kopf ein bisschen, aber eben nicht richtig tief. Nur so einen Zug lang."

„Ob es Selbstmord gewesen sein könnte. Er war ja noch im Trauerjahr."

„Ach, ich glaub nicht, dass er sie wirklich vermisste. Die hat ihn ja nie begleitet. Nicht mal zum Grünkohlessen ist sie mitgekommen."

„Außerdem kann ein Frühschwimmer wohl kaum die Absicht haben, sich hier umzubringen. Das wäre uns anderen gegenüber doch unfair und unpassend."

„Für einen versierten Schwimmer wie Herrn Karpfanger wäre das wohl auch schwer. Der schwimmt doch wie ein Fisch im Wasser und könnte gar nicht so einfach ertrinken."

„Wie die Dienstmädchen früher, die sagten, wenn sie schwanger war'n, ich geh ins Wasser. Die konnten dann aber auch wirklich nicht schwimmen."

„Ne, ich glaub ja, das war ein Herzinfarkt."

„Und keiner konnte ihn retten?"

„Der Bademeister hat ihn erst gesehen, da war er schon fast im Turmspringbereich nach unten gesunken. Hat sich nicht bewegt. Dann ging es sekundenschnell. Der Bademeister bediente die Signaltasten, hechtete ins Wasser und holte den Mann hoch. Da waren die anderen schon mit der Notfalltrage am Beckenrand. Zwei, drei Schwimmer haben mit angepackt, dann lag er auf der Trage und wurde ins Notfallzimmer gerollt, wo sie dann Sauerstoff haben und alles. Bestimmt auch so 'n Elektroschocker zum Wiederbeleben."

„Vielleicht hat ihn jemand getreten. Mich hat ja mal so´n jungen Bengel mitten in´n Bauch getreten, so knapp unter die Rippen, da ist mir vielleicht die Luft weggeblieben."

„Hab ich mir auch schon gedacht. Ich will ja nichts sagen, aber einen Verdacht hab´ ich ja."

„Genau, an den Litauer hab´ ich auch schon gedacht."

„Haben die denn hier keine Überwachungsbänder? Hier gibt es doch überall Kameras!"

„Und er ist nun wirklich tot?"

„Ja, wir sind so lange geblieben, bis der Leichenwagen da war. Zuerst kam der Notarztwagen, der hat´s ja auch nicht weit von der Feuerwache am Berliner Tor. Aber der hat das Blinklicht schnell ausgestellt und ist denn ganz ruhig wieder abgezogen. Dann kam noch ein Peterwagen und eine Stunde später auch schon der Leichenwagen."

„Wir sollten der Sache auf den Grund gehen. Falls es doch Mord war. Fragen wir mal unauffällig nach Augenzeugen. Ob Karpfanger Feinde hatte. Vielleicht hatte er Streit mit dem Litauer? Die Polizei macht es sich einfach: Alter Mann – Herzversagen und gut ist."

An dieser Stelle hatte ich genug gehört und verließ den Duschraum. Der Tod durch Ertrinken ist wohl nicht schön. Geht aber schneller als beim Krebs. Jedoch kann man sich nicht vorbereiten, keinen Abschied nehmen. Mir selbst ist das Abschiednehmen eigentlich egal. Wenn es mal soweit ist. Meinen Mitmenschen wiederum stehe ich lieber lebendig gegenüber als halbtot oder totgesagt. Und vielleicht ist so ein Unfall ja auch nicht die schlechteste Art abzutreten. Das gesunde Einschlafen und am nächsten Morgen nicht mehr aufwachen gelingt den wenigsten. Ich habe ja die Möglichkeit, mir ein Betäubungsmittel zu spritzen, Valium hochdosiert dazu, vielleicht noch Insulin, dann eine Plastiktüte über den Kopf, am Hals zubinden und einschlafen. Wie Bettelheim, der große Psychoanalytiker und Kinderpsychologe. Das hatte mich damals, ich glaube, 1990, geschockt. Mein Mann hat mich nicht darum gebeten, bei ihm nachzuhelfen. Ich habe es ihm nicht angeboten und ich hätte es auch nicht gekonnt. Zum Glück hat er es selbst geschafft.

Derart in Gedanken zog ich nun meine Bahnen durchs Wasser. Wasser, in dem vor wenigen Stunden ein Mensch gestorben war. Meine Schwimmzeit brach ich früher ab. Auch am folgenden Tag beschäftigte mich der Vorfall. Wasser wird ja kontinuierlich nach und nach ausgetauscht, erneuert. Das hat etwas Tröstliches. Der Tod geht sozusagen ins Wasser über, löst sich auf und irgendwann sind auch die Gedanken daran wieder vergessen und versiegt.

Im Umkleidebereich roch es wieder so seltsam. Nach etwas Süßlichem, wie Verwesung.

### 13. Das Leben geht weiter

Genauso wie ich wieder ins Schwimmbecken stieg, obwohl Herr Karpfanger darin ertrunken war, genauso war ich am Tag nach dem Tod meines Mannes wie immer morgens aufgestanden und wie in Trance zum Schwimmen gefahren. Erst danach wurde mir klar, dass ich nicht in die Praxis gehen würde. Ich hatte meine Mitarbeiterinnen gebeten, die Patienten umzubestellen, gegebenenfalls die Drängeligen unter ihnen an den benachbarten Kollegen zu verweisen.

Nach dem Frühschwimmen, bei dem ich an nichts gedacht hatte, mechanisch und zügig geschwommen war, schwer atmend, kehrte ich nach Haus zurück und saß da. Ich konnte mich nicht erinnern, ob ich jemandem zugenickt hatte, ob ich überhaupt wem begegnet war. Niemand war mir in die Quere gekommen. Wie immer hatte ich wohl meinen Schrank, meine Dusche in der Ecke, war mit dem Rad gefahren, geschwommen. Nun saß ich in der Küche. Alles wie immer. Alles anders.

Unser Hausarzt hatte dann den Tod festgestellt und beurkundet. Trotzdem kamen zwei Polizeibeamte, kondolierten, entschuldigten sich, dass die Umstände des Todes aufnahmen, es sei ihre Pflicht.

Mein Mann hatte seinen Abgang vorausgeplant, einem Beerdigungsunternehmer seine Wünsche mitgeteilt, sogar schon eine Anzahlung geleistet. Seinem letzten Willen entsprechend, rief ich den Mann an und er kam kurz darauf, um mit mir das Notwendigste zu besprechen und zu terminieren. Danach saß ich stumm und leer am Bett, bis am selben Nachmittag der Leichnam abgeholt wurde.

Erst danach habe ich den Kindern und meinen beiden Schwägern Bescheid gegeben.

Mechanisch erledigte ich die Telefonate, Tränen in den Augen, wobei ich nicht spürte, ob ich um mich und das Gefühl der Einsamkeit weinte oder um meinen Mann.

Der Tod war eine Erlösung für uns alle. Doch nun herrschte eine unbekannte Leere in meinem Leben. Seit 38 Jahren hatten wir das Leben gemeinsam bewältigt, genossen und zum Schluss erduldet. Eine Last war von mir gefallen, die Last der körperlichen Pflege und die Last der Lügen, einem geliebten Menschen da Hoffnung und Aufmunterung zu spenden, wo keine Hoffnung mehr bestand. Trost fand mein Mann in der Rückschau auf vergangene gute Zeiten und Erlebnisse. Mir vergällte die wahrhaft schreckliche Gegenwart diese Freude.

Die letzten Wochen war mein Mann, von den Schmerzmitteln im Zaum gehalten, dahingedämmert. Er hatte nur noch wenige klare Momente, in denen er seine und unsere Situation präzise erkannte: „Mein Lieb, kein Mensch ist unersetzlich, sagt man, und aus der Sicht der Zurückbleibenden ist es wohl so. Ich werde von der Erde verschwinden und das Leben wird für dich, die Kinder und alle anderen weitergehen. Für mich Sterbenden ist es aber anders. Du bist für mich unersetzlich. Ich glaube, wenn du jetzt plötzlich nicht mehr kommen würdest, aus welchem Grund auch immer, ich würde keine Kraft mehr haben und mein bisschen Leben aushauchen." Er griff nach meiner Hand und seine tief in den Höhlen liegenden braun-grünen Augen strahlten mich an. Dann hustete er heiser und schwer.

„Ich habe schon daran gedacht, dich zu beschimpfen, dir eine Szene zu machen, die dich veranlasste, mich wegzugeben ins Hospiz und mir nicht mehr täglich einen Besuch abzustatten. Dann würde ich sterben und auf eine Weise wünsche ich mir, dass das endlich passiert und ich von diesem verrotteten Körper loskomme. Aber wenn ich sterbe, dann stirbt auch meine Liebe, dann kann ich dich nicht mehr sehen, riechen, hören, fühlen und das ist das Letzte, was mir noch etwas bedeutet. Nicht wahr, das ist verrückt und egoistisch. Aber du siehst ja auch, ich beschimpfe dich nicht, ich will auch nicht, dass du mich in schlechter Erinnerung behältst. So sehe ich dich und freue mich, solange mich Schmerzen nicht ablenken. Zugleich denke ich an deine Zukunft, wünsche dir, dass du nicht einsam zurückbleibst, noch einmal einen Menschen findest, der zu dir passt. Ich habe da schon überlegt, was du machen solltest, um unter die Leute zu kommen. Willst du nicht einmal deine Frühschwimmer einladen? Wäre das nicht ein spannendes Experiment, wenn du die komischen Käuze, von denen du mir erzählt hast, einmal einlüdest? Was würden die für Augen machen. Die kennen dich nur im Badeanzug, wobei, darin machst du sicher eine gute Figur... Lad sie ein, koch und sing für sie. Ob ich noch einmal aufstehen kann und sie mir anschaue? Vielleicht kann ich dir einen Rat geben, welcher von denen zu dir passt. Die Gemeinsamkeit des Frühschwimmens hättet ihr schon ..."

Was für Gedanken. Die Frühschwimmer sind ein Haufen Einzelkämpfer, Individualisten. Sie bilden keine Mannschaft, sie spielen nicht miteinander, sie schwimmen, jeder für sich, sieht man von dem heimlichen Pärchen ab, oder von den zwei Frauen, die in der ersten Bahn nebeneinander plaudernd schwimmen und alle anderen aufhalten.

Nur die aus Bahn vier, die bilden schon eine verschworene Gruppe, die sich selbst genug ist. Mit denen habe ich nichts gemein. Dazu gehöre ich nicht. Die große Mehrzahl der Frühschwimmer überwindet sich morgens früh aufzustehen und vor Tau und Tag diesem Tempel zuzustreben; schon das ist eine Anstrengung. Und dann tauchen sie ein in diesen speziellen Kosmos und schwimmen gegen die Uhr, gegen sich selbst und gegen die vagen Gedanken, die einem beim Schwimmen durch den Kopf gehen können – keine sehr kommunikative Angelegenheit. Da waren die Jogger, denen ich früher morgens begegnete, deutlich menschenfreundlicher, nickten mir zu, manche wünschten einen guten Tag. Man begegnete und musterte sich und lächelte.

Der Kosmos in einem solchen Schwimmbad ist da enger, weniger offen. Da wird nicht viel gelächelt. Höchstens das Personal lächelt mal, wenn ich nach dem Frühschwimmen die Kasse passiere und die Schwimmoper verlasse.

Ich ließ meinen Mann reden. Er machte mir Vorschläge, wie ich unter die Leute kommen sollte, um einen neuen Partner zu finden! Hätte ich sagen sollen: „Gute Idee, probiere ich gleich aus, sobald du unter der Erde bist"?

„Wirst du mit dem neuen Mann unser Motorrad mit Beiwagen weiterfahren?", fragte er mich unvermittelt, aus dem Dämmerschlaf erwachend. „Ich habe vom Fahren geträumt, so intensiv. Ich habe den Anis- und Fenchelgeruch französischer Wegränder noch in der Nase. Weißt du noch..." Das waren selige letzte Momente. Und als ich ihn, ein Häuflein Elend, das so gar nicht dem jungen Mann glich, der mit mir einst durch die südliche Bretagne gebraust war, im Pflegebett liegen sah, fuhr mir ein stechender Schmerz ins Herz und weg war der würzige Geruch von Salzwiesen der Grande Brière.

## 14. Von Tret -, Wasser - und Windmühlen

Als er gestorben war, blieb ich zu Haus und funktionierte. Die Kinder kamen. Wollten ihren toten Vater noch einmal sehen, vereinbarten einen Termin beim Bestatter. Die Schwäger kamen mit ihren Familien. Ich habe keine Geschwister. Meine jüngere Cousine lebt weit entfernt und die andere tourt durch die Weltgeschichte, ist schwer zu erreichen. Freunde kamen. Wir weinten. Wir sagten uns die üblichen Banalitäten, die man sich sagt, weil einem nichts Besseres einfällt. „Es ist besser so." „Eine Erlösung." „So konnte es nicht weitergehen." „Er hat tapfer gekämpft." „Jetzt müssen wir stark sein."

Er hat nicht tapfer gekämpft. Anfangs war er zu feige, hast sich selbst belogen. Das hat alles nur noch schlimmer gemacht. Dann hat er seiner Potenz nachgetrauert, sich voller Scham zurückgezogen. Es war schwer, an ihn heranzukommen, mit ihm zu reden. Er war ein Anderer geworden. Klar, das Leben hatte sich radikal geändert.

Liebte ich ihn noch oder die Erinnerung an den Mann vor der OP? Wie ist ein Leben ohne den Sex, der einen sinnenfroh und bettschwer macht? Wie ist das Leben mit einem Geliebten, der seinen Körper als Feind empfindet, der verbittert und niedergeschlagen ist. Dem nur wenige frohe Momente beschieden sind und dem das Lächeln im Gesicht gefriert, sobald er sich seines jetzigen Zustands bewusst wird?

Zieht man für so einen noch ein Kleid an, von dem man weiß, dass man darin sexy aussieht, was er früher mit lasziven Kopfnicken quittierte? Zieht man Dessous an, in denen man posieren könnte, wenn man sich trauen würde, legt aphrodisierendes Parfüm auf?

Stattdessen las ich Ratgeber für Amputierte und Seelenblessierte, Erfahrungsberichte von Betroffenen und Angehörigen, Rezepte von Therapeuten. Hoffte auf Lösungen und wurde doch nur mit der Gewissheit konfrontiert, dass niemand einem helfen kann. Du musst dir selbst helfen. Die Tretmühle Praxis half mir. Ich musste ja Geld verdienen, meinen Angestellten Gehalt zahlen, den

Patienten dienen, die Zukunft der Kinder finanzieren. Manchmal kam ich mir vor wie ein Stausee in einer Gebirgsschlucht, in dem das Wasser steigt und steigt. Ein tiefschwarzes stilles Gewässer, in dem sich auf der wellenlosen Oberfläche ferne Gipfel und stumme Wälder spiegeln. Die Staumauer hält, der Druck wächst unmerklich. Ein wenig Wasser fließt durch die Turbinen und jenseits der Staumauer entspringt, ungestüm und fern dem See, ein rauschender Bach. Dieser kleine Fluss ist auf der Suche nach dem Meer. Aber der Stausee ist riesig, der Fluss klein und das Meer weit weg.

Tagelang regnete es in mir in Strömen, die Staumauer war kaum nicht mehr imstande, die Wassermassen zu fassen.

All diese Gedanken kamen mir auf einer Rückenbahn mit Blick in den Schwimmopernhimmel aus Beton in den Sinn, als ich mit den Armen wie ein Raddampfer oder eine Wassermühle durchs Wasser pflügte. Eine Wassermühle mahlt nicht das Wasser, aber sie mahlt die Gedanken.

Sind Windmühlen nicht attraktiver? Ich musste an das Buch „Krabat" denken, das mein Mann den Kindern auf einer Urlaubsreise vorgelesen hatte. Mit geweiteten Augen und offenen Mündern lauschten sie. Das eine oder andere Mal hatten sie danach unruhige Träume. Wir waren mit einem kleinen gemieteten Hausboot auf den Kanälen rund um die Müritz unterwegs gewesen und lagen abends an stillen Plätzen. Damals schon hatte ich mir vorgestellt, wie es wäre, in so einer Windmühle zu wohnen.

Und mitten in der Rückenbahn hielt ich inne, war ganz überrascht. Wäre es nicht spannend, sich um Wind- und Wassermühlen zu kümmern? Waren das nicht gigantische Maschinen und Kulturdenkmäler, denen man mehr Achtung zollen sollte? Wäre es nicht möglich, selbst mitten in einer Großstadt ein solches Bauwerk wieder zu errichten, mit neuem Sinn und Zweck zu erfüllen, Gedanken und Träume mahlen, wenn fröhlich der Wind bliese oder ein heftiger Regenguss den städtischen Stausee anschwellen ließ?

Mich erfreute dieser Gedanke derart, dass ich zum ersten Mal seit Jahren mein Frühschwimmen abbrach. Ich wollte ihn festhalten, aufschreiben, erkunden, ob daraus ein Projekt werden könne, ein sinnvolles Projekt jenseits der Praxis, etwas ganz Neues in meinem Leben. Könnte man Mitstreiter dafür finden? Leute begeistern? Ich tauchte unter der schwimmenden Bahnbegrenzungslinie aus aufgereihten Kugeln durch, glitt tief unter den Schwimmern der ersten Bahn vorbei und tauchte gleich bei der Leiter auf, um das Becken zu verlassen. Doch noch bevor ich meinen Schreibtisch an der Praxis erreichte, wo ich meine Gedanken in Ruhe hätte aufschreiben können, wurde ich von der Routine des Lebens eingeholt.

Ein schmerzgeplagter Patient wartete bereits vor der Tür und erzählte mir weitschweifig, warum er in der Nacht kein Auge zubekommen hätte, weshalb er überglücklich sei, dass ich so früh in der Praxis ankäme.

So konnte ich nicht meiner inneren Gelähmtheit entkommen.


## 15. Die Renovierung

Nach der Urnenbeisetzung wurde es endlich ruhiger. Letzte Kondolenzbriefe trudelten ein. Die Anrufe hörten auf. Das Testament sprach mir alles finanziell Entscheidende zu, ein paar persönliche Dinge und Gegenstände erhielten die Kinder zugeordnet, Manschettenknöpfe, Uhren, Radierungen, Bilder, jeder ein Sparbuch mit einem akzeptablen Betrag. Die Kinder fügten sich und forderten nicht mehr. Ich weiß nicht, ob sie sich untereinander geeinigt hatten, nicht mehr zu begehren. Sicher stand ihnen rein rechtlich ein größerer Teil zu. Vielleicht hatten sie Verabredungen für den Fall getroffen, dass plötzlich ein Liebhaber von mir auftauchen würde, ein neuer Mann bei mir einziehen könnte, dass sie dann notfalls anwaltliche Hilfe in Anspruch nehmen würden. Aber wir sprachen nicht über das Erbe und das Geld. Ich war froh darüber. Zugleich wunderte ich mich. Womöglich gingen sie auch davon aus, dass ich dich nicht lange überleben, keine Zeit haben würde, das Vermögen zu verprassen, mit einem neuen Mann zu verjubeln, einem Witwentröster, dass ihnen das Erbe sowieso in den Schoß fiele. Oder: Sie wird es mit „warmer

67

Hand vererben wollen", eine großzügig schenkende alte Mutter. Mit einem Mal erschrak ich über mich selbst. Wie verbittert sich diese Gedanken anfühlten. Ich sollte nicht so über unsere Kinder denken.

Überraschend rief eines Abends der Pastor der Gemeinde an. Er hatte die Trauerfeier begleitet, den Gottesdienst gehalten, mit uns Angehörigen gesprochen. Mein Mann war evangelisch-reformiert gewesen und ihm zuliebe war ich, eine unentschlossen Lutherische, mit Eheschließung und kirchlicher Trauung in diese besondere, etwas elitär wirkende Großstadtgemeinde gewechselt. Man hielt auf sich in dieser ehemals grundlutherischen Stadt, war eine wirklich reformierte Enklave, die ihre Gründer Calvin und Zwingli nicht verleugnen wollte.

Aktiv am Gemeindeleben teilgehabt hatten wir nie. Waren nur zu Ostern, Erntedank und Weihnachten in die für den Protestantismus typisch karge Kirche mit angenehm geistlicher Atmosphäre gegangen. Wir mochten den jungen engagierten Pastor, nahmen ihm seine aufrichtige christliche Haltung ab. Während der Konfirmationszeit hatten wir unsere Kinder häufiger einmal zu Veranstaltungen und Gottesdiensten neben den üblichen Feiertagen begleitet.

Vielleicht eine Strategie von Pastoren, halb verlorene Schäfchen wieder stärker in die Herde einzubinden, wenn Krisen die Gemeindeglieder erschüttern. Vielleicht war er aber auch einfach nur ein herzensguter Mensch, einfühlsam genug zu erfassen, was in mir vorgehen mochte, und meinte, mir zu mehr Offenheit verhelfen zu müssen.

„Ihr Mann hat die Welt verlassen. Sie sind zurückgeblieben." So bezeichnen Eltern ihre noch entwicklungsbedürftigen Kinder, ein bisschen zurückgeblieben.

„Kann ich Ihnen irgendwie wieder auf die Sprünge helfen? Kann ich etwas für Sie tun? Sie haben so verzweifelt gewirkt ..."

Ich dankte für die Zuwendung, wies aber sämtliche Einladungen zu Bibelstunden, Chorgesang, Freizeiten und sozialer Arbeit zurück: „... später vielleicht."

„Dann renovieren Sie wenigstens Ihre Wohnung. Sie ist verwohnt, als hätten sie lange keine Zeit mehr dafür gehabt. Jetzt sollten Sie Ihr Zuhause auffrischen. Es beginnt eine neue Zeit für Sie."

War der Pastor gekränkt? Wollte er mich beleidigen? Als er gegangen war, besah ich mir die Wohnung genauer und musste ihm zustimmen. Graue Ecken in den Decken, vergilbte Tapeten und abgesplitterter Lack an den Türrahmen, Griffspuren um die Lichtschalter, Spuren des Schlüsselbunds auf der Tür um das Türschloss herum, Laufwege auf Parkett und Teppichboden. Schon vor der Erkrankung hatten wir daran gedacht zu renovieren. Dann schoben wir es auf. Wollten abwarten, bis klar wäre, ob unsere Kinder nach der Ausbildung einen Job finden und nicht zeitweise wieder bei uns woh-

nen würden. Wir hatten sogar erwogen, uns zu ver-
kleinern, eine pflegeleichtere Wohnung ohne Garten zu nehmen, in einem Haus mit Fahrstuhl. Obwohl man mit Anfang fünfzig ja vielleicht noch
vierzig Jahre vor sich hätte, kokettierten wir vor
Freunden und Verwandten mit dem Gedanken an
altengerechte Wohnformen, belebten verblasste
Ideen von Wohngemeinschaften mit Gleichgesinnten, wie in den Siebzigern, wo man sich dann aber
doch für das traditionelle Ehepaar-mit-Kindern-
Modell entschied. Aber ernsthaft geplant hatten wir
nichts. Und dann machte uns deine Krankheit einen Strich durch all die Überlegungen und unsere
bis dahin überschaubare Welt.

Und jetzt? Jetzt hatte das Schicksal entschieden.
Die Wohnung war eindeutig zu groß für eine Person. Die Wohnung war verwohnt. Kaum hatte der
Pfaffe dies Urteil gefällt, lastete es auf mir. `Du
kannst nicht so weitermachen,´ sagte mir eine innere Stimme. `Täglich zum Frühschwimmen, dann
in die Praxis, Einkäufe, Hausarbeit, die bürokratischen Pflichten der Selbstständigkeit, dazu noch
Fortbildung. Das alles macht müde und lenkt ab,
aber überwältigt dich. Du wirst das nicht durchhal-
ten. Entscheide dich, was wirklich wichtig ist. Du
brauchst eine Veränderung, neue Aussichten im
wortwörtlichen Sinn. Streich die Küche, in der du
jeden Tag mit Kaffee begrüßt, knallrot´.

Eine zu große Wohnung? Renovieren? Knallrote
oder giftgrüne Farben? Sollte ich mir eine kleinere

suchen oder sollte ich jemanden in die Wohnung aufnehmen?

Ungewohnt lange hatte ich mich beim Frühstück aufgehalten. In der Morgenzeitung blätterte ich lustlos und unentschlossen die Beilage „Renovierung und Design" durch, bis mir ein Blick auf die Uhr ein schlechtes Gewissen bescherte: Ich würde zu spät kommen, müsste wahrscheinlich mein Training früher abbrechen.

Auch als ich wieder meine Bahnen zog, ging die Gedankenmühle weiter. Vielleicht würde ein Untermieter frischen Wind in mein Leben bringen. Ein Student, jemand, der sich auf Zeit in mein Leben mischte? Doch wollte ich wirklich meine Wohnung und meinen Lebensraum mit jemandem Fremden teilen, Wertsachen bewachen müssen, Radierungen, Bücher, Schmuck, Besteck, seltene aufwändigere Küchenutensilien wegschließen?

Zum ersten Mal fühlte ich mich richtig allein. Ich wusste nicht, mit wem ich all diese Fragen teilen sollte. Die Kinder hatten ihre eigenen Sorgen und ich war auf eine Art froh, dass sie mich damit in Ruhe ließen. Geschwister besaß ich nicht und meine Eltern waren längst begraben. Die Schwiegereltern ebenso, und meine Schwäger und Schwägerinnen hätte ich auch nicht ins Vertrauen ziehen mögen. Ich besann mich, wer von den Freunden und Bekannten geblieben war und erschrak. In den Jahren mit meinem Mann hatte ich meine eigenen Wurzeln verloren. Seine Freunde waren mir nach seinem Tod fremd geworden. Die Begegnungen hatten sich bereits im Zuge der Erkrankung reduziert. Nun, da er tot war, starben auch diese restlichen Verbindungen ab. Wer blieb mir eigentlich? Diese Frage rückte in diesem Moment ins Zentrum, als ich mich auf dem Rücken mit den Ohren im Wasser, taub für die Umgebung und in meine Gedanken verstrickt, durch das Becken bewegte, hin und her und hin und her. Ja, ich war so in diese Frage versenkt, dass ich einmal sogar die warnenden roten Begrenzungsbälle auf der Bahnschnur nicht bemerkte und dadurch heftig und ungebremst mit dem Kopf gegen die Kachelwand am Ende der Bahn prallte. Ein heller stechender Schmerz explodierte in meinem Kopf, Blitze zickzackten vor meinen Augen, ein gellend hoher Ton pfiff mir in den Ohren, ich versank, Wasser lief mir in Mund und Nase und ich war unfähig, etwas dagegen zu unternehmen.

Ein Mann riss mich hoch, als ich unter Wasser nahe daran war, dem unbändigen Reflex einzuatmen nachzugegeben. „Geht es wieder? Ich hab´ gesehen, wie Sie rückwärts gegen die Wand geknallt sind. Wo waren Sie denn mit Ihren Gedanken?" „Danke, danke, ich weiß auch nicht ", hustete ich. Ich riss mir die Schwimmbrille vom Gesicht und rang nach Atmen. Mir war schwindelig und die Schmerzen am Hinterkopf hämmerten im Takt des Herzschlags. Ich konnte meinen Retter erst nicht erkennen und klammerte mich am Beckenrand fest, spukte in die Abflussrinne. Langsam beruhigte ich mich und besah mir mein Gegenüber. Er hatte oliv-grüne Augen, ein Graukopf mit spärlichem kurz geschnittenem Haarkranz, Dreitage-Bart, etwa in meinem Alter. Er wirkte richtig besorgt. Ich hatte ihn noch nie vorher wahrgenommen. „Brauchen Sie Hilfe? Ich will Sie nicht ängstigen, aber Sie sehen doch sehr blass aus…" Dankend winkte ich ab, meinte noch, dass ich für heute genug geschwommen sei, aber allein aus dem Wasser käme. Zum Beweis meiner Eigenständigkeit und Kraft schwamm ich nicht wie sonst zur nächsten Leiter, wo meine Badelatschen warteten, sondern stemmte mich mit den Armen am Beckenrand hoch und stieg nahezu formvollendet aus dem Wasser. In Folge dieser Kraftanstrengung pochte die Beule erneut und noch heftiger im Takt meines Pulses und vielleicht wurde darum mein Gesicht wieder rosiger, denn der Fremde nickte mir zu und drehte sich dann wieder zum Becken um, stieß sich ab und kraulte von dannen. Er trug helle türkisfarbene Badeshorts, das konnte ich noch erkennen. Dann wandte ich mich etwas schwindelig dem Duschraum zu und hätte fast meine Schuhe am Beckenrand stehen lassen.

Wie in Trance spülte ich mich lauwarm ab, zog mich mechanisch an, verließ mit kleinen verhaltenen Schritten das Bad, schloss das Fahrradschloss auf und stieg auf mein Rad. Als ich langsam die abschüssige Straße in Richtig Praxis rollte, kam mir das Lied „La Mer" in den Sinn. Ich kannte den Text nicht, nur die französischen Laute und die Melodie schwoll in meinem Kopf an, wie meine Beule unter der Schädelschwarte. Seltsam.

## 16. Mit Simone im Aquarium

Nachdem ich selbst zu dem schmerzlichen Schluss gekommen war, dass mir meine Freunde aus alten Zeiten abhandengekommen waren und ich Bekannte, Nachbarn und Kollegen nicht ins Vertrauen zu ziehen gedachte, besann ich mich auf verwandtschaftliche Bande. Meines Vaters etwas ältere Schwester war zur gleichen Zeit schwanger wie meine Mutter. Simone wurde nur wenige Tage früher geboren. Die ersten zehn Jahre wuchsen wir wie Geschwister auf, denn die Mütter halfen sich gegenseitig, passten abwechselnd auf die Kinder auf, ja, wir wurden sogar an dieselbe Brust gelegt. Simone wurde das Patenkind meiner Eltern und ich bekam Simones Eltern als Paten. Dann zogen Simones Eltern in eine süddeutsche Stadt und die Besuche wurden seltener, beschränkten sich auf Festtage wie Ostern oder Pfingsten; manchmal fuhren die Familien zusammen in die Ferien.

Simone lebte jetzt auch wieder in meiner Stadt. Sie war sogar Patientin bei mir, sodass ich sie immer zwei bis drei Mal pro Jahr sah. Gelegenheit, mit ihr auch ein paar persönliche Worte zu wechseln. So war ich in etwa im Bilde, wo sie gerade stand, was sie so trieb. Sie arbeitete in einem großen führenden, europaweit agierenden Immobilien-Maklerunternehmen und hatte nach ihrer Scheidung durch zähe harte Arbeit und etliche Überstunden die Abteilungsleitung für gewerbliche Immobilien übernommen. Stets hatte sie einen vollen Terminkalender mit geschäftlichen Verabredungen in allen europäischen Metropolen, unterbrochen nur selten durch kurze Urlaubssequenzen. Sie war groß, schlank, attraktiv.

Vielleicht ging es ihr nach der Scheidung ähnlich wie mir jetzt: Die Kinder sind erwachsen, haben ihre eigenen Probleme. Auch will man ihnen kaum gestehen, dass man mit dem Schicksal hadert und neue Perspektiven sucht, ohne die Richtung zu kennen. Die Arbeit bietet da wahrlich Ablenkung. Zumal, wenn in meinem Fall Patienten oder in ihrem Konkurrenten oder Vorgesetzte einen unter Druck setzen und Zeit fordern. Glücklicherweise sagte Simone spontan zu, als ich mit ihr abends ein Treffen vereinbaren wollte.

Simone ist von jeher die Jägerin gewesen. Mit ihrem Vater sammelte sie beim Klettern Alpengipfel und beim Tauchen im Mittelmeer Schwämme, Muscheln und Schneckenhäuser. Sie zog nach dem Abitur durch die Welt, jobbte in Australien, erschreckte ihre Eltern mit einer Trekking-Tour durch ein Kopfjäger-Gebiet in Neu-Guinea, lebte in Singapur von einem Übersetzer- und Sekretärinnen-Job bei einer Spedition, die sie dann auch ins kanadische Quebec schickte, wobei man in unserer Familie damals mutmaßte, dass sie als attraktive junge Frau so fern der Heimat ein wildes Leben führte. Postkarten und Mitbringsel waren die vorzeigbaren Trophäen jener Jahre, die bei ihren Eltern Zeugnis gaben, auch wenn sie persönlich nicht anwesend war, an Familienfesten nicht teilnehmen konnte oder wollte.

Dann kehrte sie plötzlich nach Deutschland zurück, um Betriebswirtschaft zu studieren. Sie lernte einen Theologiestudenten kennen und heiratete ihn, als sie schwanger wurde. Erst hielten sie die beiden Kinder im Zaum und sie unterwarf sich dem Leben eines evangelischen Pastorates. Dann begann sie halbtags bei einem Makler zu arbeiten und zwar so erfolgreich, dass die Gemeinde argwöhnte, es ließe sich mit evangelischen Sitten nicht vereinbaren.

Ob es wirklich die Versetzung ihres Mannes in ein anderes Pastorat nahe bei Paderborn war, was zum Bruch führte, oder ob das Erwachsenwerden der Kinder und ihr Auszug aus dem Elternhaus der Grund für die Entfremdung der Ehepartner war, ich wusste es nicht. Dazu reichten die Plaudereien anlässlich der Treffen in meiner Praxis nicht. Und sie wären auch nicht der angemessene Rahmen für eine solche Auseinandersetzung gewesen. Doch reichte es aus, um von weiteren Abenteuern meiner Cousine Notiz zu nehmen: Die Besteigung des Kilimandscharo, der Besuch grönländischer Gletscher, die Teilnahme an einer Schlittenhund-Tour am Klondyke, Trecking in Bhutan, nächtliche Fahrrad-Touren durch Ho Chi Minh Stadt und ähnliche ungewöhnliche Unternehmungen. Auf meine Fragen, welche Reisen sie nun wieder unternommen hätte oder plante, antwortete sie eher nüchtern und zurückhaltend, weit entfernt, damit zu prahlen. Simone erschien mir, gerade weil sie offenbar so abenteuerlustig und allein reiste, als geeignete Gesprächspartnerin, um mir jetzt vielleicht einen Anstoß zu geben oder neue Richtungen zu weisen. Nicht, dass ich darauf spekulierte, dass wir zusammen eine Reise unternehmen würden. Nein, ich erhoffte mir ehrliche Antworten auf die Frage, wie man das Leben allein bewältigt und es schafft, aus dem immer gleichen Trott auszubrechen.

Wir wollten uns in der Bar eines „angesagten" Designer-Hotels in der Innenstadt treffen. Laut Zeitungsberichten stiegen in diesem Haus häufig Models und Designer der Mode- und Werbe-Szene ab oder hielten Hof an der Bar.

Zu früh ankommen, folgte ich dem Hinweis-Schild in der wuseligen Hotel-Lobby und ging in die Bar. Stand dann etwas verloren vor dem Tresen. Der Barkeeper, professionell, nickte mir zu. Er ließ mir Zeit. Schließlich hatte ich mir einen Prosecco mit Aperol bestellt, drehte mich um und versuchte, mich in der ungewohnten Umgebung zurechtzufinden. Erst jetzt bemerkte ich, dass die Bar von der Lobby durch ein wandhohes riesiges Aquarium abgetrennt war. Durch diese Mauer aus Glas und Wasser sah ich die ankommenden Hotelgäste in der hell erleuchteten Lobby. Ich beobachtete die an der Rezeption Schlange stehenden Wartenden, die ihrerseits auf das beleuchtete Becken schauten, in dem sich eine eigene Welt aus Wasserpflanzen, Fischen und aufsteigenden Luftblasen auftat, ein lautloser, neonschillernder Kosmos.

Von der Lobby-Seite aus konnte man wohl kaum durch das helle Aquarium in die dahinter schummrig beleuchtete Bar blicken. Unbefangen traten wartende Hotelgäste in der hellen Lobby näher an die Glasfläche heran, um die Fische zu beobachten oder sich abseits von der Eingangsdrehtür aufzuhalten und in kleinen Gruppen zu unterhalten. Sie bildeten, ohne es zu wissen, eine Art Terrarium hinter dem Aquarium. Wir Barbesucher konnten uns aussuchen, welche der stummen Welten wir in den Blick nehmen wollten: die Unterwasserwelt oder den speziellen Kosmos eines Hotels. Dort drüben stand eines der typischen Alpha-Männchen, herausgeputzt in seinem Brunftkleid, schaute auf die Uhr, eine rote Rose in der Hand, fixierte die Treppe, dann die aufgehende Tür des Aufzugs. Schließlich entspannte sich sein Gesicht, er bleckte die Zähne. In diesem Stummfilm konnte ich nicht hören, wie er das aufgetauchte Weibchen begrüßte. Sie fiel ihm in die Arme, flüsterte etwas in sein Ohr, lachte, nahm ihm gerührt die Rose ab.

Erst jetzt bemerkte ich, dass zu dieser Szene in der Bar auch die geeignete Musik gespielt wurde. Nicht von einem Pianomann, wie es sich für eine Stummfilm-Begleitung gehört hätte, sondern von der unsichtbaren Anlage des Barkeepers. Der Barmann schob mir mein Prosecco-Glas auf dem polierten Tresen zu und ich fragte ihn, welches Stück wir hörten: „Ich habe den DJ David Guetta ausgesucht. Er featured Kelly Rowland, das Stück heißt When Love Takes Over. Sie können das dazu passende Video auf dem Flatscreen sehen."

„Oh danke, aber ich sehe gerade ein Video durch das Aquarium, das sich in der Hotellobby abspielt. Die Musik dazu ist passgenau."

„Ja, so kommt mir das auch manchmal vor, wenn ich wenig zu tun habe und zuschauen kann. Haben Sie sonst einen besonderen Musikwunsch?"

„Ja, das Video ist vorbei. Mein Paar ist gegangen. Jetzt schaue ich mir einmal das Aquarium an. Dazu würde doch Aquarius passen."

Der Barkeeper lächelte, nickte wieder und bewegte sich zu seinem Steuerpult, blendete den gerade spielenden Titel aus und erfüllte mir meinen Wunsch. Als dieser Titel aus dem Hair-Musical erklang, wurde mir bewusst, dass diese Assoziation wohl nicht sehr originell war und immer wieder von Barbesuchern meiner Altersgruppe geordert wurde.

Neue Gäste tauchten auf und wandten sich an den Barkeeper. Ich überspielte meine Unsicherheit, ergriff mein Getränk, wandte mich ab und dem Aquarium zu. Ich entdeckte einen Tintenfisch, der aus seinem Versteck in einer Amphore hervorkam und hastig einem neuen Versteck zustrebte. Es war also ein Meerwasserbassin! Aufwändig, ambitioniert – zum Hotel passend. Krustentiere, Seesterne, es gab so viel zu entdecken. Eine Muräne! Der Kopf lugte aus einem Loch im künstlichen Riff, sie wirkte wie eine alte Frau mit grauem Gesicht und schwarzer Badekappe. Wie beim Frühschwimmen! Das Aquarium war eine wunderbare Idee des Innenarchitekten. Es lenkte Wartende wie mich ab. Ich schaute nicht einmal auf die Uhr.

Endlich kam sie. Simone trug ein schwarzes elegantes Etui-Kleid mit schmalem roten Gürtel und gleichfarbiger Handtasche wie flachen Schuhen. Das ärmellose Kleid brachte ihre muskulösen Oberarme zur Geltung und ich musste wohl sehr darauf gestarrt haben, denn nach der herzlichen Umarmung nahm sie meinen Blick auf, spannte den Bizeps lachend an und sagte: „Das ist mein neuester Sport! Ich trainiere Boxen. Ich habe einen recht erfolgreichen Trainer aus dem Frauen-Boxsport, der mir Privatstunden gibt. Ich plane nicht, in den Ring zu steigen, um wirklich zu kämpfen. Dazu ist mir meine Nase zu schade und außerdem finde ich keine adäquate Gegnerin." Sie lächelte ironisch und fügte dann hinzu „... in meiner Altersklasse bin ich vielleicht die einzige in dieser Stadt. Aber das Training verschafft mir Respekt, zumindest, wenn ich davon erzähle und meine Arme zeige. Beim Sparring trage ich Helm. Das Gute an der Sache ist, dass du deine Hemmungen verlierst. Ich glaube, ich könnte auch wirklich zuschlagen. In meiner Branche hat es sich sogar herumgesprochen, dass ich boxe, und du weißt, ich liebe das Extravagante. Der Boxstall, in dem ich trainiere, bietet schon eine sehr typische Atmosphäre. Ich brauche da keinen Wellness-Bereich mit Ayurveda-Massage."

Natürlich hatte sie einen guten Tisch an der Wand reserviert, bestellte einen Salat und Cocktails, ließ mir die Karte bringen. Der Barraum füllte sich langsam, die Sitznischen waren allesamt besetzt und am Tresen entstand eine zweite Reihe Stehender hinter den Barhockern.

Ich machte Simone Komplimente, wie gut sie aussähe, dass der gegelte Kurzhaarschnitt und das grelle Blond ihr stünden. Ich selbst kam mir in meinem blauen Kaschmir-Rollkragenpullover mit Blankeneser Perlenbrosche, der dunklen Hose und dem kastanienbraun gefärbten Haar wie eine graue Maus vor, unauffällig, gutbürgerlich, eine zeitlich angepasste Kopie meiner eigenen Mutter. Simone aber sah aus, als könnte sie zumindest eine Bond-Widersacherin abgeben. Sie trank ihren Kir Royal aus und fragte mich leise: „Warum machst du nicht mehr aus dir? Du hältst dich doch beim Schwimmen fit, hast eine passable Figur. Machen wir uns beide nichts vor – die Fältchen um die Lippen und Augenwinkel bekommen wir nicht weg. Botoxen und raffen lasse ich mich nicht. Aber mit gezieltem Oberarm-Training und frecher Kleidung kann man ablenken. Der Rest ist Ausstrahlung und Legende. Dem Barkeeper habe ich einmal zu später Stunde unter dem Siegel der Verschwiegenheit erzählt, ich würde für eine Agentur auch männliche Models casten. Die Welt will Märchen hören! Zuvor hatte ich für unser Büro hier eine große Zeche bezahlt, weil wir eine Investorengruppe aus Singapur und Brunai durch die Hafencity gelotst hatten und an dieser Bar den Schlussakkord setzten. Es waren zwei junge untergeordnete Brunai-Prinzen in der kleinen Delegation gewesen, die hier ihren Escort-Service für die weitere St. Pauli-Tour erhielten. Dafür war ich nicht als Begleitung vorgesehen. Der Barkeeper wusste natürlich nicht, wer die Jungen und ihre hübschen Begleiterinnen waren. Ich habe ja auch nicht behauptet, dass ich damals jene hübschen Männer gecastet hätte. Aber der gute Barmann hat sich mein Gesicht gemerkt, vielleicht sogar Notizen gemacht, und glaub´ mir, seitdem bekomme ich ungefragt meinen Cocktail und habe häufig nette Begegnungen mit jungen Männern. Die Kerls meinen von sich, sie könnten für Werbefilme oder Videoclips geeignet sein. Ich lüge nie, aber ich kläre auch keine Missverständnisse auf, wenn es nicht sein muss. Hinzu kommt, dass junge Männer von mir auch noch etwas lernen können. Und für diese Lehren nehme ich nichts, ist das nicht großzügig von mir?" Sie legte den Kopf in den Nacken und lachte schallend. Die Cocktails wirkten. Ich gestand ihr, dass ich mich vor jungen Männern eher fürchten würde, auch wenn ich als Zahnärztin ja immer wieder ansehnliche Exemplare unter meinen Händen hätte. Um mein Reden ein wenig zu würzen, garnierte ich meine Ausführungen und Beschreibungen der männlichen Patienten mit der Bemerkung: „Die Sorte mit dem aufgeknöpften Hemd und der Goldkette auf Brusthaaren ist so gut wie ausgestorben. Auch der Retro-Hippie mit dem Muschel-Armband wird seltener. Aber selbst der smarte junge gut duftende Anzugträger, der lässig seine Uhr entblößt und stolz ist, wenn du das Statussymbol als Mühle aus Glashütte erkennst, verliert seine Anziehungskraft, wenn die Mundhygiene nicht stimmt. Wenn der seine Plaque und den Biofilm nicht von den Backenzähnen putzt, die Zunge belegt ist, dann möchte ich nicht wissen, wie seine Vorstellungen von Hygiene an anderen Stellen ist."

Der Satz wurde mit Heiterkeit quittiert. Aber kaum hatte ich ihn ausgesprochen, bereute ich es auch schon. Dann schwiegen wir beide, und mir war diese Gesprächspause unangenehm. Darum nahm ich den Faden wieder auf und setzte schüchtern hinzu: „Geht das wirklich länger: Sex ohne Liebe? Sehnst du dich nicht nach einer längeren Beziehung?"

„Tja, in der Not frisst der Teufel Fliegen, heißt es. Gute Typen in unserem Alter sind dünn gesät und dann meist in festen Händen. Nach meiner Scheidung hatte ich kaum das Bedürfnis nach einer neuen Bindung. Ich war und bin mir allein eigentlich selbst genug. Glaubst du, es ist lustig auf diese Dating-Events zu gehen oder im Internet Partnerschaftsbörsen zu durchkämmen? Ne, dazu hab´ ich keine Zeit. Und dann die Vorstellung, wenn Geschäftspartner oder Konkurrenten mich im www entdeckten. Ich halte es klassisch: Geld und beruflicher Erfolg machen sexy und dann ergibt sich was oder eben nicht. Eigentlich brauche ich gar keinen Mann. Wie hat Woody Allen schon gesagt: Onanie ist Sex mit einem Menschen, den ich wirklich liebe."

„Und auf Reisen, legst du es da darauf an, mal den einen oder anderen One-Night-Stand zu haben?"

„Wie du das sagst ... Nein, darauf anlegen tue ich es nicht. Aber manchmal schätzen bestimmte Portiers in den großen Hotels uns allein reisende Frauen ein, als hätten wir´s nötig. Ich reise nicht in diese klischeehaft bekannten Regionen in der Karibik oder an kenianische Badestrände und finde es lästig, wenn man mir flüchtige Kontakte vermitteln will. Andererseits, wenn ich auf meinen Reisen Kontakt mit gutaussehenden intelligenten Einheimischen bekomme, weil ich ihre Dienstleistung in Anspruch nehme, sei es als Taxifahrer oder als Reiseführer, und es zeigt sich, dass sie charmant, zuvorkommend und von sich aus interessiert sind, dann kann es schon mal passieren, dass ich einwillige oder es auch forciere. Und wenn ein Portier an der Rezeption die richtigen Worte findet, mich nicht beleidigt, sondern mir jemanden empfiehlt, der besondere Qualifikationen aufweist, dann kann das sehr vieldeutig interpretiert werden und alle wahren das Gesicht. Es ist schon richtig, diese Beziehungen flüchtige Kontakte zu nennen, denn ich flüchte hinterher ja und eine lange Beziehung ist ja von mir auch nicht gewollt."

„Du bezahlst dafür?"

„Das ist nicht immer ganz deutlich, wofür man bezahlt. Für die Fremdenführung und die Erklärungen oder die Berührungen und die Erotik? Ist es eine gewisse Entwicklungshilfe, die wir Reisenden zahlen? Es ist wohl alles zusammen..., eben einen Dienst anbieten, eine Nachfrage befriedigen. Ich nehme ja auch einen Masseur als Dienstleister in Anspruch. Massagen können mir körperlich so gut-tun, dass dann die Seele ebenfalls entspannt. Und ist der Unterschied zwischen einer Massage und Sex wirklich so groß? Nicht umsonst spricht man dabei doch von mit oder ohne happy end! Alles im Leben sollte doch ein ausgewogenes Geben und Nehmen sein. Man darf nur nicht zu viel erwarten. Was von Ferne verlockend aussieht, kann sich bei nahem Hinsehen als langweilig entpuppen. Wenn man wenig erwartet, ist man manchmal angenehm überrascht."

„Bist du der Ansicht, dass alle Beziehungen so laufen?"

„Wie meinst du das?"

„Verliebst du dich nie? Ist Liebe nicht etwas an-deres als eine Dienstleistung, mehr als ein ausge-wogenes Geben und Nehmen?"

„Liebe? Das ist ein Zauberwort für Teenager, ein seltenes flüchtiges Lüftchen. Liebe darf man nicht erwarten, sonst ist man umso einsamer und ent-täuscht, wenn das Gefühl so schnell erlischt wie es entzündet wurde. Ich suche keine Liebesbeziehung. Ich glaube, ich habe mich so ganz gut eingerichtet, allein wie ich bin. Ich freue mich aber, dass du den Kontakt wieder gesucht hast. Ich gebe zu, ich pflege meine Freundschaften nicht genug. Schön, dass wir uns trotzdem nahestehen, als Basen – wir kennen uns wie Geschwister. Und dass wir über die Liebe reden. Ganz aufgeben will ich sie auch nicht."

Wir schwiegen wieder. Um uns herum brummte es wie vor einem Bienenkorb. Das Publikum war eher etwas jünger, wohlgestaltet oder sehr gut situiert. Stimmengewirr und Barmusik hüllten uns ein wie Nebel.

„Warum fragst du mich das eigentlich alles? Trauerst du noch oder willst du dich schon neu orientieren?", fragte mich meine Cousine.

„Ich weiß es selbst nicht. Wir waren doch glücklich, bis mein Mann erkrankte. Dann begann die schreckliche Phase von Hoffen und Bangen; da war keine Zeit, um über das Glück nachzudenken, eher ein Grübeln, was man falsch gemacht hatte. Mich erfasste das Gefühl, schuldig zu sein, ohne zu wissen warum. Schließlich fing die Spanne der Pflege an, im Angesicht des Todes. Keine Träume, keine Ideen, schlichtes Vor-sich-hin-leben von einem Tag auf den nächsten, aber mit einem Korsett von festen Terminen und Handlungen wie der Tag abläuft. Selbst mittelfristige Pläne schmiedeten wir nicht mehr, sprachen nicht von Urlaubstagen. Jetzt bin ich gefangen in meinem täglichen Tun wie der flügellahme Vogel in dem Bauer, bei dem plötzlich die Tür offensteht. Ich weiß gar nicht, ob ich noch fliegen kann. Ich weiß nicht, ob ich noch fliegen will. Ich weiß gar nichts."

„Und ich weiß, dass jemand, der täglich tausend Meter schwimmt, nicht untergeht, sondern gesund ist wie ein Fisch im Wasser. Hey, kleine Fast-Schwester. Vergiss den Bauer, du bist kein Vogel. Lass dir nichts einreden von einem komischen Unterbewusstsein oder von Fremden. Mich fragen manchmal garstige Menschen, wovor ich eigentlich weglaufe, nur, weil ich gern in ferne Länder reise. Die können mich kreuzweise. Wenn ich die ärgern will, sage ich: `Nur kein Neid´, und wenn ich höflich sein muss: `Oh, das darf ich leider nicht verraten´. Glaub bloß nicht, dass es ein Rezept gibt. Ich lebe derzeit nach dem Motto, Geld und Ansehen erwerben, Territorium verteidigen, Allianzen bilden, in der Hackordnung oben stehen, Leute kennenlernen. Das kann zwar anstrengend sein, aber unten stehen ist bestimmt auch nicht schön...“

Endlich wechselten wir das Thema, kehrten auf ein bekanntes Terrain zurück. Wir redeten dann noch über vergangene Zeiten, gemeinsam verlebte Familienfeste zu Ostern und Weihnachten, Konfirmationen oder Ferienerlebnisse, kleine Eifersüchteleien und Zankereien in den Familien und kamen dabei überein, dass wir derartige Kleinlichkeiten hinter uns gelassen hätten. Wir versicherten einander unsere Sympathien, und dass wir solche Treffen häufiger vereinbaren sollten.

Schließlich war es für mich an der Zeit, nach Hause zu gehen, denn ich begann müde zu werden und musste mehrmals ein Gähnen unterdrücken. Es war ja auch spät geworden, der Abend war wie im Fluge vergangen. Simone zahlte die Zeche, ich bedankte mich, wir zogen unsere Mäntel an und gingen hinaus in Richtung des Taxistands bei der Oper. Plötzlich blieb sie stehen, umarmte mich herzlich und sagte: „Meine Liebe, sei mir nicht böse, aber ich glaube, ich bin noch gar nicht müde und morgen habe ich erst um zehn Uhr einen Termin im Büro. Ich glaube, ich trinke noch einen Absacker an der Bar. Gute Nacht. Bis bald." So trennten sich unsere Wege und ich bewunderte sie auf eine Weise, wie sie so allein, stolz, aufrecht und mit erhobenen Kinn zurück strebte. Eine dominante Frau. Ich aber war müde und es war schon nach Mitternacht. Mein üblicher Rhythmus war unterbrochen. Ich war mir nicht einmal sicher, ob ich am nächsten Morgen tatsächlich zum Frühschwimmen aufbrechen würde.

## 17.  Serienkarambolage

Beim Frühschwimmen erinnerte mich die Dusche schmerzlich an den vorangegangenen Tag. Das Wasser war so warm wie immer, aber als es aus dem Duschkopf strahlte und auf meinen Schädel traf, zuckte ich zusammen und wendet mich ruckartig ab. Ein heftiges Pochen war die Reaktion. Es waren nicht die Cocktails der Schickimicki-Bar schuld. Die Beule an meinem Hinterkopf mochte diese Wärme gar nicht. Ich regulierte die Temperatur und achtete darauf, dass mich der Strahl nicht wie üblich traf, sondern auf meinen Schultern landete.

Ich erinnerte mich auch an den Mann mit der türkisfarbenen Badehose, der sich so besorgt um mich gekümmert hatte. Seine Augen waren mir im Gedächtnis geblieben: olivgrün. Sie passten so gar nicht zu der türkis-leuchtenden Badehose. Aber müssen Männer Badeshorts passend zu Augenfarbe aussuchen? Ist das ein Anzeichen für kultiviert-sein?

Als ich in die Halle ging, ertappte ich mich dabei, nach dem Graukopf Ausschau zu halten. Schade, dass Männer ihre Haare auf dem Kopf verlieren und die Natur zur Kompensation Bart und Körperhaare wuchern lässt. Wenigstens waren Bart und Haarkranz kurz geschoren. Ob die Brust behaart war, erinnerte ich nicht.

Doch wie immer konnte man nur die bojen-artigen Schatten im Wasser treiben oder in den Wellen tanzen sehen, Badekappen, nasse angeklatschte Haare, orangefarbene Ohren wie seltsamer Blütenschmuck. Dazu schien die tief stehende frühe Sonne blendend durch die großen Scheiben, ließ die bewegte Wasseroberfläche glitzern.

Ich zog wie gewohnt meine Bahnen, dachte an meine Freundin Simone und ihre drastischen Weisheiten wie „don´t fuck in company". Ich war mir nicht sicher, ob es heißen sollte, dass man keine erotischen Beziehungen in der Firma anstreben oder nicht in Kompaniestärke Gruppensex haben solle und musste dann wegen dieses Wortspiele lachen, dass ich mich verschluckte. Hustend hielt ich mich in der Rückenschwimmerbahn in der Mitte an der kugeligen Bahnbegrenzung fest und verursachte so auch noch eine Serienkarambolage. Ich hatte gleich mehrere männliche Rückenschwimmer gestört und aufgehalten, verdiente Recken, die ich alle vom Sehen kannte... Sie waren mit Badekappen versehen, nahmen den Unfall stoisch, denn die alten Blechköpfe hatte keine Dellen und Beulen erlitten und prusteten nur wie behäbige Seelöwen, ohne zu protestieren. Bald hatten sie sich sortiert und zogen weiter.

Vorsichtshalber schwamm ich die letzten Runden bei den Brustschwimmern, sichtete aber auch mit Schwimmbrille im karibisch-kachelblau schimmernden Wasser Türkis leider nicht.

Im Umkleideraum konnte ich endlich den seltsamen Geruch entschlüsseln. Er strömte aus der Richtung einer Mitschwimmerin, die sich nach dem Duschen und vor dem Anziehen in ein Badehandtuch gewickelt einem Imbiss hingab. Sie biss von einer Leberwurststulle ab. Ja, tatsächlich, auf Nachfragen bestätigte sie mir, dass sie nach dem Schnellschwimmen auf der Tempobahn immer etwas Herzhaftes essen müsste. Meistens sei es Leberwurstbrot.


### 18. Auf den Hund gekommen

Mittags rief meine Tochter mich in der Praxis an. Sie hatte sich am vorherigen Abend Sorgen gemacht, weil ich wie so oft mein Handy nicht eingeschaltet, den Anrufbeantworter des Festnetzes nicht abgehört hatte und also nicht erreichbar ge-

wesen war. Sie hatte sich Gedanken darüber gemacht, was sie mir zum Geburtstag schenken
wollte. „Ich glaube, ich würde dir gern einen Hund
schenken. Es gibt da Rassen, die ganz genügsam
sind und gern ein wenig ruhen. Wenn du dann mit
der Praxis fertig bist, wartet auf dich ein Wesen, das
sich freut, dich zu sehen. So ein aufmerksamer
Hund begrüßt dich, regt dich zum Spaziergehen an,
bewacht dich. Das wird dir gut bekommen."

Ich wusste nicht, ob ich empört oder zufrieden
sein sollte, dass meine Tochter sich so um mich
sorgte. Nach dem gestrigen Abend mit Simone war
ich ein wenig unausgeschlafen. Mein Wecker hatte
mich zur üblichen Zeit aus dem Schlaf gerissen und
ich hatte mein Frühschwimmer-Training nicht aus-
fallen lassen. Auf meinen Bahnen durch das erfri-
schende Nass waren mir die Worte meiner Cousine
durch den Kopf gegangen. Würde ich ohne Liebe
sein müssen? Ist das letzte Drittel des Lebens Einsamkeit, weil die Jugend mit den großen Gefühlen
vorüber und die strapazierende Aufzucht und Betreuung der Familie vorbei ist?

Und nun kam meine Tochter mit dem Vorschlag,
mir einen Hund schenken zu wollen, ein Wesen, um
das ich mich kümmern müsste, dessen Kot ich täglich in dieser Großstadt laut Hunde-Verordnung in
Plastikbeuteln sammeln sollte. Ein wenig gereizt
ließ ich sie abblitzen: „Weißt du, das ist lieb gemeint. Aber ich habe dich und deinen Bruder stu-
benrein bekommen und nun keine Lust beim
Gassi-Gehen warme Hundehaufen aufzusammeln.

Glaub mir, mein Glück hängt nicht davon ab, dass ein Wesen mit dem Schwanz wedelt, wenn es mich sieht. Ich bin doch froh, wenn ich jetzt zur Ruhe komme. Da würde mir ein Hund nur in die Quere kommen." Ich hörte ihre Verblüffung über diese Entgegnung durch das Telefon in Form eines tiefen Einatmens. Dann fügte ich schnell hinzu: „Ich weiß, dass du als kleines Mädchen immer ein Tier haben wolltest, wir Eltern aus praktischen Erwägungen diesen Wunsch aber immer abgebogen haben. Wenn du jetzt also einen Hund haben willst, dann bin ich bereit, ihn mal in Pflege zu nehmen, falls du mit deinem Liebsten verreisen willst. Aber täglich um mich haben kann ich ein Tier derzeit nicht."

Wieder hatte ich das Gefühl, dass die eintretende Pause im Gespräch unangenehm sei. Darum fühlte ich mich genötigt, von mir zu erzählen: „Nein, statt über einen Hund denke ich derzeit darüber nach, dass die Wohnung renoviert werden muss. Die Tapeten sind alt, verblichen oder vom Staub der Zeit unabwischbar bedeckt. Soll ich streichen lassen? Oder soll ich mich nach einer kleineren Wohnung umsehen? Natürlich mit Gästezimmer, falls ihr mich mal besucht oder gar ein Enkelkind auf die Welt kommen sollte. Ja, ein Enkelkind wäre viel besser als ein Hund."

Der letzte Satz war vielleicht nicht besonders geschickt ausgedrückt, lenkte aber das Gespräch in eine andere Richtung. Ein wenig verschnupft war meine Tochter noch, weil ich ihre Geschenkidee ablehnte, aber sie berichtete vom Stand ihrer Beziehung und den Plänen. Ein Enkelkind für mich gehörte noch nicht dazu. Sie beendete das Gespräch schließlich damit, dass ich keinesfalls umziehen sollte. Denn damit wäre ihr `der Ort ihrer Kindheit´ unzugänglich gemacht, und dies wolle sie nicht. Ich ließ ihre geäußerte Meinung unkommentiert, fragte, was sie denn in nächster Zeit vorhätte und lenkte so einfach vom Thema ab. Ja, die Menschen erzählen meist gern von sich. Ich hörte nicht sehr angestrengt zu und meine Gedanken glitten ab; ob ich – so wie meine Tochter gerade – noch einmal von einem Lebenspartner und gemeinsamen Zielen berichten würde? Oder ob ich wohl allein bliebe?

## 19. Der Racheakt des Waschweibs

Auch am Freitag suchte ich nach dem Mann, der sich um mich bei meinem Unfall gekümmert hatte, aber es war nicht viel los im Becken und ich sah den Mann nicht. Ob er wohl regelmäßig käme? Dienstags ist die Schwimmhalle immer besonders voll. Meine Theorie ist, dass montags viele jüngere Schwimmer vom ausschweifenden Wochenendleben so erschöpft sind, dass sie nicht früh genug aus dem Bett kommen. In der Tat zähle ich montags mehr Alte, die ihren Lebensrhythmus gefunden haben und eben immer früh aufwachen. Dienstags ist es voller, lauter und hektischer, genau wie donnerstags. Wahrscheinlich haben sich diejenigen diese Tage auserkoren, die statt des Sieben-Tage-Frühschwimmerausweises das billigere Zwei-Tage-Ticket wählten. Meine Lebenserfahrung und meine mir eigene Vorsicht – mein Mann sprach von Kulturpessimismus – hat mich dazu gebracht, morgens vor dem Gang in die Dusche eine Portion Duschgel auf meine Kurzhaar-Frisur zu streichen, auch wenn es vielleicht lächerlich aussieht, als hätte eine Möwe auf meinen Kopf gekleckst. Dann stelle ich die Flasche in den Spind, schließe ab und versuche, mit meiner Rechten und einer versierten Einhand-Technik das störrische Schlüsselarmband am linken Handgelenk festzuzurren. Auf diese Weise muss ich nach dem Duschen nicht die Shampooflasche zurückbringen, den Spind wieder aufschließen und nochmals das Armband befestigen. Allerdings dusche ich auch nach dem Schwimmen nur mit Wasser, spüle mich ab, aber seife mich nicht wieder ein. Den möglicherweise übrigbleibenden Chlorwasserduft versuche ich nach dem Abtrocknen mit meinem Eau de Toilette zu vertreiben.

Optimistischere Mitschwimmerinnen wählen ein anderes Verfahren; sie deponieren einfach ihre Shampoo-Flasche auf einem Ablagebord neben der Tür zur Dusche, außen vor dem Duschraum in der Schwimmhalle. Man kann dann, wenn man will, seine Flasche beim Schwimmen mit einem Auge bewachen, insbesondere wenn es sich um eine teure Marke oder ungewöhnlich begehrenswerte Verpackungsform handelt. Doch falls eine der sparenden

Dienstagsduscherinnen der Verlockung nicht widerstehen kann, muss man sein Training unterbrechen, zur Leiter spurten und die Diebin stellen. Ach, führe sie nicht in Versuchung...

An einem typisch hektischen Dienstag wurde ich nach meinem Routineschwimmen im Duschraum Zeuge einer spektakulären Szene. Ich duschte mir das Chlorwasser aus den Haaren, genoss das massierende Prickeln des warmen Wasserstrahls auf meinem Rücken, als mir gegenüber plötzlich ein durchdringender Schrei erklang. Alle Anwesenden erstarrten. Ich vergaß vor Schreck erneut den Knopf zu drücken, als mein Duschstrahl erstarb. Eine blutrote Lache breitete sich vor einer jungen Frau aus, hatte ihren nackten Körper und das Gesicht besudelt. Eine korpulente junge Frau im giftgrünen Badeanzug stieß die Tür zum Duschraum auf, stürmte hinein und geifernd schrie sie: "Du altes Arschloch, jetzt hab´ ich dich endlich erwischt. Ha, damit hast du nicht gerechnet, du Schlampe. Du kannst froh sein, dass da keine Salzsäure drin is´, sondern nur rote Stempelfarbe. Ich zeich´ dich an, wenn du mir nich´ meine Flaschen ersetzt." „Du tickst ja wohl nicht richtig, du fette Sau. Wie soll ich das jetzt wieder abkriegen? Das lass ich mir nicht gefallen, ich hol mir jetzt Hilfe." Nackt wie sie war und bodygepaintet wie halb geschlachtet trat sie vor die Tür in die Halle und rief gellend um Hilfe, um sich dann ihrer Blöße bewusst zu werden und umzudrehen. Für die Bademeister und –Meisterinnen und die Badegäste musste der Auftritt wie das

Fanal zu einem Massaker wirken. Eine gewisse Panik mochte sich im Becken und in der Halle ausbreiten, denn niemand konnte wissen, was sich im Duschraum oder den Umkleideräumen abspielte. Im Duschraum selbst ohrfeigte die Dicke das rot gefärbte Wesen und sie beschimpften sich wie die Waschweiber. Ich versuchte die Gemüter mit Worten zu beruhigen, andere flüchteten. Aber auf mein „Bitte beruhigen Sie sich, das ist doch alles zu klären..." brüllte die Besudelte: „Halten Sie doch die Klappe. Das Zeug krieg ich nicht ab und ich hab´ heute eine wichtige Besprechung. Das lass ich mir nicht gefallen..." Endlich trauten sich die Bademeister in den Duschraum und ich war froh, dass ich mich zurückziehen konnte. Als ich mich abtrocknete, betrat eine aufgeregte Mitarbeiterin der Schwimmhalle den Umkleidebereich und fragte mich, ob ich Zeuge der Tätlichkeit gewesen sei und ob ich meinen Namen und die Adresse angeben könne. Zögerlich und ärgerlich nannte ich das Geforderte. Warum mussten diese Menschen sich so kleingeistig und niveaulos streiten, warum handelten sie so unbedacht? Ich verabscheue es, wenn man planlos vorgeht und mögliche Folgen nicht einkalkuliert. Vor Gericht würde die Angelegenheit wie das Horneberger Schießen ausgehen. Wahrscheinlich würde die korpulente Schwimmerin behaupten, sie hätte die Färbung für sich selbst vorbereitet, während die eingefärbte Person behaupten könne, sie hätte eine gleiche Flasche dort deponiert und diese sei entwendet worden, woraufhin es zu einer Verwechselung gekommen wäre.

Auf eine Art war ich jedoch auch sehr befriedigt, Zeuge dieser Szene gewesen zu sein. Mein Frühschwimmen kam mir auf diese Art viel normaler vor, nicht als Akt der Kontemplation, nicht wie eine weltabgewandte symbolische Tätigkeit; das Frühschwimmen war keine Therapie. In der Anstalt tobte das pralle Leben. Doch wem sollte ich von meinem Erlebnis erzählen? Am Tag darauf, Mittwoch, war im Duschraum fast nichts mehr von dem Attentat zu sehen. Irgendwelche hilfreichen Lösungsmittel hatten den großen Fleck auf den Bodenfliesen beseitigt. Nur in den dunklen Fugen konnte man noch einen leichten Rot-Ton ahnen.

Wegen einer polizeilichen Ermittlung oder gerichtlichen Aussage war ich noch nicht angerufen worden. Insofern bestand die Hoffnung, dass die beiden Streithennen ohne Hinzuziehung der behördlichen Staatsgewalt zu einer Einigung gekommen waren. Sicher würden in der vierten Bahn heute die Walross-Abteilung, die Robben-Gruppe und die Seepferd-Herde am Beckenrand zusammenglucken, die Ereignisse debattieren und weniger zum Schwimmen kommen.

## 20. La Piscina felice

In der Ackermannstraße wohnt meine langjährige Patientin Frau Meersbuhl allein in der Wohnung, in der sie mit ihrem nun verstorbenen Mann die drei Kinder großgezogen hat. Die Arme ist seit einer Knieoperation gehbehindert, bewältigt nur unter großer Anstrengung die Treppe aus dem ersten Stock des Altbaus auf die Straße. Ohne Hilfe bekommt sie den Rollator auch nicht über die Eingangsstufen des Hochparterres. Zum Glück hat sie hilfsbereite Nachbarn und ein sonniges Gemüt. Und so kommt sie bestimmt drei- oder viermal wöchentlich auf die Straße, trifft Nachbarn und „Gelegenheiten", so nennt sie die unbekannten Personen und Zeitgenossen, die sie nach Belieben anspricht und in Gespräche verwickelt.

An den anderen Tagen lässt sie sich von verschiedenen Lieferanten, Nachbarn und der Enkelin beliefern. Den Balkon hat sie sich als Aussichtspunkt eingerichtet. Dort hängen kleine Blumenkästen am Balkongitter und auf die geringe Grundfläche passen gerade zwei Balkonstühle und ein Bistrotischchen. Hier trinkt sie ihren Kaffee in der Morgen- und Vormittagssonne und bewirtet dann und wann einen Gast mit selbstgebackenen Kuchen oder kleinen deftigen *cornish pasties*, die sie auf einer Jasper-Busreise in die Cornwall-Region kennen- und lieben-gelernt hat.

Früher, als sie noch mobil war, kam sie alle halbe Jahr zum Zahnsteinentfernen und zur Kariesfrüherkennung in meine Praxis. Aber nun schafft sie den Weg gerade nicht mehr und ein Taxi will sie nur im Notfall bemühen. So ruft sie jetzt ab und zu in der Praxis an und fragt, ob ich sie nicht zu Hause untersuchen, den Zahnstein entfernen und das Bonusheft abstempeln könnte. Einmal habe ich ihr auch einen parodontal gelockerten Backenzahn zu Hause ziehen müssen. Das gelang zum Glück komplikationslos. Zu diesem Termin begleitete mich eine Mitarbeiterin, falls ich hätte zur Blutstillung nähen müssen. Der lockere Zahn hinterließ aber keine große Wundfläche, und der Aufbisstupfer presste das Zahnfleisch zusammen – die Blutgerinnung funktionierte und die positive Grundhaltung von Frau Meersbuhl tat ein Übriges.

Gern gehe ich zu ihr, schaue nach und höre ihr ein wenig zu. „Wir Witwen müssen zusammenhalten," nickt sie mir zu, seitdem mein Mann verstorben ist – hat sie von ihre Nachrichtenträger gehört oder die Traueranzeige im Abendblatt gelesen.

Nachdem ich in der Küche die eigentlich gepflegten Zähne untersucht hatte und nur an den beiden mittleren unteren Schneidezähnen etwas Zahnstein mit dem Scaler entfernen musste, konnte ich meine Utensilien und die Stirnlampe wieder in den „mobilen Koffer" räumen, die Latexhandschuhe ausziehen, in den Hausmüll wegwerfen und sollte dann auf dem Balkon platznehmen. „Sie haben ja jetzt den freien Mittwoch-Nachmittag. Den können wir mit einem Glas Prosecco einleiten – und einem Tramezzino, natürlich auf dem Balkon."

„Nanu, Frau Meersbuhl, sonst verwöhnen sich mich doch mit den englischen Pasteten."

„Tja, man muss auch mal wechseln, etwas Neues probieren und ich habe auch einen Grund dazu, das werde ich Ihnen noch erzählen. Seien Sie so nett, nehmen Sie doch die Prosecco-Flasche aus dem Kühlschrank und die Tramezzini und tragen Sie das Tablett. Teller, Gläser und Servietten habe ich schon zum Balkon gebracht, aber ich muss mich mit einer Hand ja immer abstützen, da kann ich das Tablett nicht tragen. Das Brot für die Tramezzini habe ich selbst gebacken und den Belag nach Rezept gemacht. Sie mögen doch hoffentlich Thunfisch, Pesto, Salami und Mozzarella?"

Wir richteten uns auf dem Balkon ein, sie schlug eine Wolldecke um Ihre Beine und ich entkorkte die Flasche.

„So, schön, dass die Sonne noch wärmt und der Wind nicht so aufbrist. Und nun können Sie auch gleich den Grund für meinen italienischen Imbiss sehen. Da drüben hat so ein, na, ich als ältere Frau darf es sagen, noch junges Pärchen ein italienisches Abenteuer begonnen. Sehen Sie, die beiden eröffnen eine Trattoria, so heißen die kleinen Gaststätten ja da in Italien, mitten in unserer Durchgangsstraße zur Schwimmoper. Wo wir hier doch gar keine schöne Aussicht auf die Alster oder sonst was Besonderes haben. Aber das Pärchen hat tolle Fotos aufgehängt, die wunderbare Geschichten erzählen – da reicht dann unsere schöne Straße auch ohne Alster. Letzte Woche habe ich die beiden beim Renovieren besucht, Sie kennen mich ja, ich bin nicht schüchtern, bin da einfach rüber mit meinem Gehwagen, hab geklopft, mich als Nachbarin freundlich vorgestellt und neugierig gefragt. Und sie haben mir alles erzählt von ihrem Traum und ich habe angeboten, dass ich für sie kochen und backen werde, hier bei mir in der Wohnung, so auf Vorrat, is´ ja gleich gegenüber, und dann können sie das abholen, was ich herstelle. Kleiner Job für mich, ne neue Aufgabe. Nicht immer, aber immer, wenn ich kann und es mir Spaß macht. Sie haben mir gezeigt, wie Tramezzini gehen und Rezepte gegeben – so, gesagt, getan – hat ihnen gefallen! Und nun können Sie mal probieren, ob sie Ihnen auch schmecken, Frau Doktor."

Na, und ob sie schmeckten. Das Kastenweißbrot mit Hefe war gelungen, feinporig, mild, gut geeignet für den italienischen Belag. Geschickt hatte Frau Meersbuhl den Anrichtevorschlag von den Fotos aus den Rezepten übernommen. „Das haben Sie ganz vorzüglich gemacht, als wenn Sie Italienerin wären."

„Ach, mit meinem Karl und den Kindern sind wir einmal nach Rimini gefahren mit unserem VW, eine Woche in einem Hotel, in den Siebzigern. Aber das hat uns damals nicht gefallen, so laut, so eng am Strand und so heiß. Dann haben wir lieber wieder Ferien in Dänemark gemacht, ein kleines Haus in den Dünen gemietet. Und später, als die Kinder nicht mehr mitwollten, haben wir ja Busreisen mit Jasper gemacht, gleich hier vom Mühlendamm ging´s los. Nach Norwegen, Paris und Normandie und einmal Südengland mit Cornwall. Ja, das war ganz schön, in der Nachsaison."

„Und warum wollen Sie nun mit den Leuten von der Trattoria zusammenarbeiten?"

„Ach, mir ist oft langweilig. Die beiden jungen Leute sind freundlich und nett, sind so optimistisch und mir gefällt es, wenn jemand was anpackt. Der Mann ist sein ganzes Leben bisher Bademeister gewesen, hat immer bei den Wasserwerken gearbeitet und wird auch noch weiter in der Schwimmoper angestellt bleiben, nur mit reduzierter Stundenzahl. Und die Frau war stellvertretende Supermarktleiterin in St. Georg. Auch sie hat ihre Stunden nur reduziert. Aber beide hoffen sehr, ganz von der Trattoria leben zu können."

„Na, ich drücke Ihnen allen die Daumen, dass genug Gäste kommen. Oft denke ich, wie ich wohl so ein Lokal einrichten würde, aber ich bin dann immer froh, dass ich nicht täglich Gäste bewirten muss. Es gibt ja auch Nörgler. Aber hier im Viertel wohnen ja viele nette Menschen, die freuen sich doch, wenn sie ein kleines Lokal in der Nähe haben."

„Das hoffe ich auch. Sobald der Betrieb losgeht, werde ich meine Enkelin einladen, dass wir beide uns da verwöhnen lassen. Gehen Sie ruhig auch mal rüber, nachher, eine Speisekarte haben sie ja schon aufgehängt. Vielleicht gefällt Ihnen die ja, und schauen Sie sich auch die Einrichtung an. Erinnert schon auch an Freibäder, wie wir sie kennen. Wir waren früher auch im KaiFu, Bondenwald oder am Lattenkamp. Das Lattenkamp-Freibad gibt es ja nicht mehr, aber da sind wir ja gern hingefahren, weil mein Bruder da in der Nähe wohnte und die Familie sich im Freibad getroffen hat, besonders in den sechs Wochen Schul-Sommerferien, denn in den Dänemark-Urlaub sind wir ja nur zwei Wochen gefahren und die Kinder mochten gern ins Lattenkamp."

„Ja, ja, die Freibäder. Daran habe ich auch gute Erinnerungen. Aber, Frau Meersbuhl, ich muss nun wieder aufbrechen. Wenn mein Haushalt auch klein geworden ist, man hat ja doch immer was zu tun, neben der Praxis. Und auf ein kleines Mittagsschläfchen freue ich mich auch. Vielen Dank für den Prosecco und den leckeren Imbiss."

„Frau Doktor, wem sagen Sie das, man wird bestimmt nicht jünger. Hat mich gefreut, dass Sie mich besucht und mir den Weg in die Praxis erspart haben. Zum Glück haben Sie ja kein Loch gefunden. Sonst wäre ich auch irgendwie zu Ihnen in die Praxis gekommen..."

Auf dem Weg nach Hause schaute ich mir das noch geschlossene Lokal gegenüber an. Trattoria *La Piscina felice*, Das glückliche Schwimmbad, stand über dem Eingang. Innen waren die in Türkis gestrichenen Wände frisch und fröhlich dekoriert mit gerahmten Fotos aus italienischen Badeanstalten, von Stränden und Badenden. Die Tische hatten neue karierte Tischdecken, gebrauchte Thonet-Stühle standen bereit und die Patina wirkte sympathisch. Der Bartresen und die Spiegelwand mit den Regalen waren noch nicht fertig eingeräumt. Ein kleines Lokal, hoffentlich ohne hohe Miete. Die kleine Speisekarte würde man einmal probieren können. Spaghetti carbonara reizt doch immer. Mal sehen, mit wem ich es mal ausprobieren würde. Um 17 Uhr würde es öffnen, nächste Woche das erste Mal. Ich nahm eine Visitenkarte aus der kleinen Box an der Ladentür, denn bei den wenigen Tischen würde man reservieren müssen. Vielleicht könnte ich meinem Team ein gemeinsames Abendessen vorschlagen....

## 21. Siegfried

Am Montag sprang ich wie gewohnt ins Wasser und zog meine Bahnen, zuerst bei den Brustschwimmern. Nach meinem Retter in türkisfarbener Badeshorts hielt ich keine Ausschau mehr.

Am Dienstag schmerzte die Beule nicht mehr, obwohl sie noch deutlich tastbar war und ich hatte den Vorfall eigentlich schon fast vergessen. Doch als ich den Mann in Türkis langsam am Beckenrand entlanggehen sah, fühlte ich eine freudige Erregung. Ich überlegte, ob ich ihm zuwinken, zum Rand schwimmen und mich für seine Hilfe bedanken sollte. Dann fand ich es plötzlich lächerlich, mich für diese kurze Begegnung vor knapp einer Woche bedanken zu wollen. Wahrscheinlich hatte er meinen kleinen Unfall längst vergessen. Er beschattete die Augen mit einer Hand und schaute zur Bahn Vier, dann zu den Schnell- und Rückenschwimmern hinüber, als ich an ihm vorbeischwamm. Ob er Freunde oder gar seine Frau suchte? Ich konnte seine Füße sehen und sie sahen gepflegt aus. Ob er sie selbst pediküre oder schon zur Fußpflege ging? Der Graukopf sah noch recht sportlich und gelenkig aus, auch wenn er keinen Waschbrettbauch, sondern eher einen kleinen Waschbärbauch besaß. Neulich im Wasser hatte ich das nicht gesehen und konnte auch die Größe des Mannes nicht einschätzen. Er war vielleicht einen halben Kopf größer als ich, hatte schöne, nicht so dünne Beine und ging angenehm; ja, der Gang einer Person ist für mich von Bedeutung. Es soll kein Tänzeln sein, kein Stampfen mit durchgedrückten Knien, kein nachlässiges Schlurfen. Dieser Mann ging schön und natürlich. Dann war ich an ihm vorbei und wollte mich auch nicht gleich umdrehen und zu ihm hochschauen. Ich hatte ihn vor meinem kleinen Unfall noch nie bemerkt, obwohl ich schon so lange Frühschwimmerin war. Erst nach der Wende traute ich mich wieder in seine Richtung zu blicken, aber er war vom Beckenrand verschwunden. Vielleicht hatte er seine Bekannten entdeckt oder er war in den Duschräumen der Männer verschwunden. Doch dann kam er mir entgegen geschwommen, ruhig, mit dem Kopf über Wasser, lächelte mich an und als wir auf gleicher Höhe waren, hielt er inne, trat er im Wasser auf der Stelle und fragte: „Na, ist es eine ordentliche Beule geworden?" Ich freute mich und antwortete strahlend: "Gewiss, damit könnte ich einen Preis gewinnen. Würde ich Hüte tragen, würden sie garantiert nicht mehr passen." Ich hatte auch angehalten und schwamm nun zu ihm hinüber, um mich am Beckenrand festzuhalten: „Es war sehr freundlich, dass Sie sich um mich gekümmert haben. Zum Glück bin ich ja nicht ohnmächtig geworden."

„Sie sahen aber auch sehr bleich aus. Ich hatte Angst, Sie könnten in einen Schockzustand geraten. Es hat ja richtig einen Knall gegeben, ein Geräusch gemacht, als könnte der Knochen gebrochen sein. Doch als Sie sich dann so geschmeidig aus dem Wasser hochgestemmt hatten, glaubte ich schon, ich hätte mich getäuscht und Sie hätten sich gar nicht so heftig gestoßen."

„Doch, doch, mir war schon etwas blümerant. Aber im ersten Moment hat es gar nicht so stark geschmerzt. Die Schmerzen kamen erst später. Wenn ich jetzt im Bett liege, brauche ich ein besonders weiches Kissen. Und kämmen mag ich mich derweil auch nicht gern. Zum Glück habe ich ja kurze Haare."

„Bei einer Platzwunde hätte man die Ränder rasieren müssen..."

„Oh, oh, was stellen Sie sich vor."

„Wie bitte, ich soll mich vorstellen? Na ja, aber bitte nicht lachen. Meine Eltern haben mich so genannt. Ich heiße Siegfried, Siegfried Spring. Im Süden, wo ich eine Zeitlang lebte, nannten mich natürlich alle Siggi. Hier im Norden, wo ich aufwuchs, haben mich meine Mitschüler Fiete gerufen, weil sie Siegfried zu spröde fanden."

War das nun ein Trick gewesen, um die Unterhaltung auszudehnen? Oder hatte er mich wirklich nicht richtig verstanden? In der Halle waren die üblichen Wellengeräusche, schlürften lautstark die Absauganlagen, besonders hier am Beckenrand.

„Und darf ich Ihren Namen auch erfahren?"

Artig antwortete ich und lächelte. Ich lächelte und lächelte und merkte auch noch, dass ich lächelte. Ich konnte gar nicht aufhören zu lächeln. Ich war ein Lächelkatalysator und er redete immer weiter.

„Sie sind mir übrigens schon vor ihrem Unfall aufgefallen."

„Und womit, wenn ich fragen darf?"

„Nun, Sie haben mich einmal im Wasser getreten. Es war kein schlimmer Tritt in die Magengrube, nur so ein bisschen gegen meine Schulter. Ich bin Ihnen in der Rückenbahn zu dicht aufgerückt und Sie haben auch damals wohl ganz verträumt und langsam ihre Bahn gezogen, während ich meinen Bahnrekord gegen die Uhr gewinnen wollte."

„Und ich habe mich nicht entschuldigt?"

„Nein, das war ja auch meine Schuld, dass ich rückwärts so schnell schwimme, ohne vorher zu kucken. Und ich habe ja dann auch gleich angehalten und Sie sind weiter geschwommen. Da habe ich Ihnen das erste Mal hinterher geschaut. Sie hatten diesen rot gepunkteten Badeanzug an. Aber jetzt sehe ich, das sind ja gar keine roten Punkte. Das sind doch chinesische Glücksdrachen nicht wahr? Haben Sie ein Faible für China?"

„Ich muss leider korrigieren: es sind walisische Drachen."

„Und fürchten sich eventuell die Drachen vor einem Siegfried?"

„Nein, das glaube ich nicht. Allerdings beginnen sie zu frieren. Ich glaube, ich brauche wieder etwas Bewegung. Es war nett, Sie kennen gelernt zu haben, Siegfried. Wann kommen Sie denn wieder zum Schwimmen? Sind Sie auch ein regelmäßiger Frühschwimmer?"

„Ich komme nur zweimal die Woche. Meist Dienstag und Donnerstag."

„Gut, dann hoffe ich Sie am Donnerstag hier wieder zu sehen. Um Sieben Uhr?"

„Ist abgemacht."

## 22. Schneckenakt

Es war ein sehr seltsames Gefühl, das sich meiner bemächtigte. Vor mehr als dreißig Jahren hatte ich meinen Mann kennengelernt und damals zwar auch Aufregung und Glücksgefühle erlebt, aber ich hatte jene Verliebtheit völlig ohne Perspektive empfunden. Ich lebte in der Gegenwart und genoss sie. Zu jener Zeit hätte ich mich jeden Tag neu verlieben können, ich suchte doch keinen Mann für´s Leben, hatte – vor meinem Mann - zeitweise drei Freunde gleichzeitig, was auch einen gewissen Kitzel verursachte: einen verheirateten Journalisten, einen eitlen Peugeot-Cabrio fahrenden Studenten der Jurisprudenz aus reichem Hause und einen muskulösen wortkargen Zimmermann-Gesellen, der schon ein eigenes Fachwerkhaus auf dem

Lande besaß, mit Freunden dort eine Wochenend-Kommune pflegte; es war auch hochmütig, diese drei jeweils denken zu lassen, sie seien die Helden meines Herzens und die Eroberer meines Bettes.

Doch jetzt mischte sich die Aufregung, sich möglicherweise mit einem fremden Mann zu verabreden, den man nur in Badehose erlebt hatte, mit der Lebenserfahrung und der vagen Hoffnung auf neue Lebensfreude. Ja, ich hatte wirklich den Wunsch, diesen zufällig aus der Anonymität der Schwimmer hervorgetretenen Mann nicht nur im Schwimmbecken zu treffen. Was wäre wohl passiert, wenn ich mir nicht den Kopf gestoßen hätte?

Mit einem Schlag wurde mir bewusst, was mir seit einer langen Zeit gefehlt hatte: Unbeschwerte Lebensfreude und verantwortungsloser Spaß. Stets hatte ich mich in den letzten Jahren gesorgt, verantwortlich gefühlt und funktioniert, sei es bei der Erziehung der Kinder in der schwierigen Spätpubertät, bei ihrem Aufbegehren und der Loslösung vom Elternhaus und dann, viel schlimmer, weil mit unabsehbaren Ende, als Stütze und Pflegerin meines Mannes.

Meine Lebenserfahrung sagte mir: Freu dich nicht zu früh, der Mann war einfach nur freundlich und beredt. Bilde dir nichts ein, der ist verheiratet, aber seine Frau besucht keine Schwimmhallen. Oder er ist ein Heiratsschwindler mit einem Blick für alleinstehende Frauen, die sich nach Beachtung sehnen. Er wickelt sie charmant ein und nimmt sie aus.

Ich fühlte mich wie ein Backfisch, ein Begriff, den meine Großmutter benutzte. Mir klopfte das Herz, wenn ich mir vorstellte, dass dieser Mann von schätzungsweise fünfundfünfzig Jahren sich für seinen zweiten Frühling nicht eine dreißig Jahre jüngere Gespielin suchte, sondern tatsächlich mich meinte, sich für mich interessierte. Abends stellte ich mich vor den Spiegel und betrachtete mich skeptisch. Auch mit eingezogenem Bauch und aufgerichtetem Brustkorb, die Schönheit der Jugend war verblichen, aber irgendwie war ich trotzdem mit mir im reinen. Selbst der Artikel in der Zeitung, der verkündete, dass ältere Männer für eine zweite Ehe deutlich jüngere Frauen suchen und ihnen diese Verbindung ein längeres Leben beschert als Männern mit annähernd gleichaltrigen Lebensgefährtinnen, zerstörte meine gute Laune nicht.

Normalerweise ging der Praxistag immer schnell herum. Ich war beliebt, wirkte Vertrauen erweckend, erfahren und doch noch nicht so alt, dass man meinte, ich wäre fachlich nicht auf der Höhe der Zeit. Ein Patient nach dem anderen wurde abgefertigt. Im Wartezimmer warteten immer ein, zwei Menschen mit Anliegen und Beschwerden, so dass ich nicht einmal Ruhe hatte, zwischendurch eine Tasse Kaffee zu trinken oder zur Toilette zu gehen. Ich verkniff mir diese Bedürfnisse bis zur Mittagspause, und genoss diese Pein auf eine Art. Ich wurde gebraucht, ich handelte und agierte und das war ein gutes Gefühl. Unangenehme Momente gab es leider auch; nicht immer passten Kronen und Brücken, nicht immer ließ sich die gewünschte Farbe oder Form auf Anhieb verwirklichen, war die Ursache von Schmerzen gleich zu identifizieren, zeigten Füllungen die erwartete Lebensdauer. Patienten hielten Termine nicht ein, kamen zu spät, verlangten dennoch prompte Behandlung und pochten darauf, dass wir eine falsche Zeit niedergeschrieben hätten, ihr Eintrag im häuslichen Kalender aber richtig sei. In den ganzen Jahren war mir ein dickes Fell gewachsen, ich ließ diese Konflikte und Probleme meist in der Praxis und nahm sie nicht mehr zum Grübeln mit nach Hause. Meine Mitarbeiterinnen waren noch jünger, ärgerten sich über dreiste Forderungen, regten sich regelmäßig über ungerechte Vorhaltungen auf und reagierten besonders allergisch, wenn Patienten am Telefon eine bevorzugte Behandlung mit der Begründung einforderten, sie seien Privatpatienten.

Vertreter verlangten mich am Telefon zu sprechen und behaupteten, ich erwarte ihren Anruf. Lieferungen kamen unvollständig oder mit nicht bestellten Waren.

All diese Widrigkeiten des Alltags hatte ich jahrelang gebraucht, um meinen Gleichmut daran zu erproben. Nur zwei Mal hatte ich Menschen höflich aber bestimmt gebeten, meine Praxis nicht wieder aufzusuchen. Der eine hatte meine Mitarbeiter übel beschimpft, aus Gründen, die ich nicht ermitteln konnte, aber aufgrund der Wortwahl blieb mir nichts Anderes übrig, und in einem zweiten Fall hatte ein Rechtsradikaler sich darüber mokiert, das Wartezimmer mit einer aus der Türkei stammenden Mitbürgerin teilen zu müssen.

Es mag sein, dass ich mich vielleicht manchmal wie der sprichwörtliche Hamster im Rad gefühlt und dies auch im Kreise von Kollegen und Bekannten so beschrieben hatte. Insgeheim aber befriedigte diese Anspannung auch und ermüdete mich so schön.

Durch mein Erlebnis im Schwimmbad und die einsetzenden Frühlingsgefühle hatte sich etwas geändert. Ich war ungeduldig, unkonzentriert und der Tag wollte gar nicht vergehen. Zu Hause nervte mich das Radioprogramm, das ich sonst immer gleich einschaltete, um die Stille in der Wohnung zu durchbrechen. Gern hätte ich mich einem Vertrauten mitgeteilt, fürchtete zugleich mich lächerlich zu machen. Meine Cousine hatte ihre Handy-Mailbox angeschaltet, was mich aus dem Konzept brachte, so dass ich auflegte. Außer ihr fiel mir niemand ein, den ich anrufen könnte. Alte Schulfreundinnen, die ich seit Jahren nicht gesprochen hatte, kämen wohl kaum in Betracht, genauso wenig wie ich Kollegen vom Bezirksgruppen-Stammtisch oder ehemalige Kommilitonen einweihen wollte.

So rief ich aus einer komischen Verzweiflung heraus meinen Sohn an, in der Hoffnung, dass sich aus dem Gespräch heraus eine Gelegenheit ergeben könnte, in der ich behutsam von meiner Begegnung erzählte.

Mein Sohn aber spürte nichts von meiner Seelenlage, schilderte mir nur völlig uninteressante aktuelle berufliche Probleme, und kam dann auf ein finanzielles Projekt zu sprechen, an dem er sich beteiligen wollte: Schneckenzucht. Nachdem er in der Zeitung davon erfahren hatte, wie hoch der Preis für ein Kilo Weinberg-Schnecken von Gourmet-Lieferanten in Paris gehandelt wurde, beschäftigte ihn und seine Freunde neben ihrer Software-Entwicklung offenbar ein Projekt zur Produktion von Schneckenfleisch. Begeistert zählte er mir die Vermehrungsraten und den Generationswechsel auf, schilderte plastisch den Geschlechtsakt der schleimigen Häuserträger, schwärmte von der Eiablage, die sogar eine Art Kaviarproduktion ermöglichen würde und redete langatmig von den Vermarktungsmöglichkeiten und bereits entwickelten Marketing-Ideen. Dabei dachte er allerdings nicht im Traum daran, bei der praktischen Produktion des Fleisches selbst Hand anzulegen, sondern interessierte sich mehr für den Geschäftsplan und die Produktionsplanung, sowie die EDV-unterstützte Logistik. Ich ekelte mich vor dem erzeugten Bild eines Kessels voll mit langsam flüchtenden Gliederlosen, wie sie die Kesselwände erklommen, wie der Topf dann nach Elektroschock der Schneckenmasse zum Kochen gebracht werden sollte, und ich ärgerte mich, dass mein Sohn nicht ein bisschen spürte, in welcher Gefühlslage seine Mutter sich befand. Als er aufgelegt hatte, war ich auf eine Art froh, ihm nicht meine fixe Idee von Verliebtheit gestanden zu haben. Auch wenn er erwachsen war, er blieb mein Kind und Kinder können ihren Müttern in Liebesdingen keine Ratschläge erteilen. Die geplante fleischliche Vermehrung von Schnecken hatte mich ernüchtert.

## 23. Altersheim-Sorge

In der Nacht hatte ich aufregend geträumt und war mehrmals aufgewacht. Zuletzt befand ich mich im Traum bei einem ersten Rendezvous. Mein männliches Gegenüber, das ich gar nicht recht erkennen konnte, aber das ich offenbar anziehend fand, fragte mich nach meinen Hobbys.

`Du musst etwas Besonderes antworten. Du kannst nicht Literatur sagen oder Kochen oder Handarbeiten oder Tennis. Wer weiß, was Golf auslöst oder Goldschmieden. Du musst etwas Einzigartiges finden, dass dich besonders macht. Sag nicht Polo, das wirkt zu arrogant und blasiert, und außerdem kannst du es auch gar nicht; schon Reiten mag abschreckend wirken,´ sagte mir eine innere Stimme. So entschied ich mich spontan für den Satz: „Ich züchte unsichtbare kleine Pferde." Dabei streckte ich meine Handfläche aus und ließ die imaginären Tierchen darauf galoppieren. Kaum hatte ich den Satz ausgesprochen, wachte ich verwirrt auf. Ein Gefühl von Peinlichkeit ergriff mich, als hätte ich in ein Fettnäpfchen getreten. Endlich realisierte ich, dass dies Erlebnis ein Traumbild gewesen war, nichts Reales. Ich beruhigte mich und es wurde mir klar, dass mein Traum wohl mit dem uneingestandenen Wunsch zu tun hatte, diesen Frühschwimmer kennen zu lernen, mich mit ihm auch außerhalb der Badeanstalt zu treffen. Es dauerte etwas, bis ich wieder einschlafen konnte.

Als ich mich am Donnerstagmorgen wie immer in die Fluten stürzen wollte, blieb mir der Zugang zur Schwimmoper verwehrt. Ich hatte die seit Tagen gut angebrachten Schilder nicht beachtet, sie für Aktionsankündigungen für Kinderbelustigungen, spezielle Wassergymnastik oder DJ-Event-Shows am Beckenrand gehalten und einfach nicht gelesen. Nun ahnte ich, dass der Auftrieb von Menschen in DLRG- und Rotkreuz-Uniformen und die Minibusse vor den Toren des Sportkomplexes ein besonderes Ereignis begleiteten. Die deutschen Meisterschaften im ...., mehr brauchte ich nicht zu verstehen. Ich würde erst am Montag in meinen gewohnten Rhythmus finden können.

Zum Glück würde ich mich von Freitagnachmittag bis Sonntagmittag mit einer gebuchten Fortbildung ablenken können. Ich würde mich mit der speziellen Behandlung von immobilen multimorbiden Alten befassen müssen, jener Bevölkerungsgruppe, die prozentual im Wachsen begriffen war, die dem Fortschritt der Zahnmedizin zu verdanken hatte, anders als noch ein oder zwei Generationen zuvor, zumindest teilweise mit eigenen Zähnen zubeißen zu können. Wie aber sollten diese Zähne erhalten werden können, wenn die Heiminsassen ihren vertrauten Zahnarzt nicht mehr aufsuchen konnten, die eigene Geschicklichkeit der Hände erlahmte, das Bewusstsein zur Hygiene verblasste, die angewachsenen Zähne aber zur Säuberung sich nicht aus dem Mund nehmen ließen? Ich würde mich mit Pflegeplänen befassen, mit Motivierungsprogrammen für Angehörige und Pflegepersonal, mit Bürstengriffen für Arthrose-Hände und Mundspüllösungen bei versiegendem Speichelfluss aufgrund von pharmazeutischen Stimmungsaufhellern gegen Altersdepression. Noch zählte ich mich selbst nicht zu den „Alten". Mein Vater hatte früher gesagt, „die Alten, die Alten sind immer zehn Jahre älter als ich."

Während die Mienen meiner Kollegen im Verlauf des Kurses sorgenvoll oder von Samariter-Geist gezeichnet waren, machte ich wohl eine fröhliche Miene. Ich war ein wenig abgelenkt, rückte unruhig hin und her und dachte an den kommenden Dienstagmorgen. Ein Referent fragte mich in einer Pause, was denn an seinem Kurz-Vortrag „Die Aufrechterhaltung von Riegelgeschiebe-Funktionen bei Karpaltunnel-Syndom-Erkrankten" so Erheiterndes gewesen sei. Ich log ihm vor, dass ich an einen Vorfall im Schwimmbad gedacht hätte: Durch meine Schwimmbrille hätte ich beobachtet, wie ein Badegast seine offenbar aus dem Mund verlorene silbern glitzernde Teilprothese mit dem künstlichen rosa

Zahnfleisch und den täuschend echten Schneidezähnen vom tiefen Beckengrund unter dem
Sprungturm heraufholen wollte und dies erst im
dritten Anlauf geschafft hatte.

## 24. Der Sprung ins kalte Wasser

Montagmorgen erschrak ich, als ich ins Wasser
sprang. Die Temperatur war deutlich niedriger. Offenbar hatte das Regelwerk der ausgetragenen
Wettkämpfe bestimmt, die Wassertemperatur zu
senken und über Nacht war das riesige Wasservo-
lumen noch nicht an die gewohnte Gradzahl ange-
nähert. Sollte mein Mütchen gekühlt werden? Waren die Gefühle erkaltet? Würde ich Siegfried
Spring wieder treffen? Würde er überhaupt kommen? Was wäre, wenn er sich über das Wochenende das Bein gebrochen hätte und mit einer kom-
plizierten Unterschenkelfraktur ein halbes Jahr
nicht zum Schwimmen kommen würde?

Es war ein wunderschöner Tag mit tiefblauem
Himmel. Die Sonne schien gleißend durch die
Scheiben der Schwimmoper ins ungewohnt klare
kalte Wasser. Die Fliesen am Beckenboden spiegel-
ten die Strahlen und ließen das Wasser glitzern. Offenbar hatte die Meisterschaft dazu geführt, dass
die „Bäderland"-Verantwortlichen im Vorfeld tatsächlich den Beckeninhalt abgelassen hatten und
mit speziellen Kalklösern und Poliermitteln die Fliesen auf Hochglanz poliert worden waren. Die Un-
terwasserkameras und die Sichtfenster der

Schiedsrichter hatten in den Wettkämpfen die besten Voraussetzungen bieten sollen und die Veranstalter wollten mit Stolz ihre Halle präsentieren.

Glanz und Gloria in dieser Halle, oh, würden sie auch für mich am Dienstag herrschen? Ich hatte gegen ein Frösteln anschwimmen müssen, musste mich nach dem schnellen Spurt in der Tempo-Bahn am Beckenrand verpusten. Da tippte mir jemand auf die Schulter, ich zuckte zusammen und drehte mich zur vierten Bahn um: „Verzeihen Sie, wenn ich Sie erschrecke. Eigentlich wollte ich ja wie gewohnt Dienstag kommen. Aber ich habe heute früher Feierabend und ich hoffe sehr, dass ich Sie dazu bringen kann, diesen Feierabend mit mir zu verbringen, natürlich nicht in diesem kalten Wasser, in dem ich sicher bald eine Gänsehaut bekomme. Wie ist es, haben Sie heute Zeit?"

-   Ende erster Teil  -

## 01. Männer denken durchschnittlich 19-mal am Tag an Sex!

Was alles so in den Zeitungen steht. Klar denke ich an Sex, aber durchschnittlich 19-mal am Tag? Bin ich ein Mann, wenn ich es nicht tue? Wie lange muss ich an Sex denken? Drei Minuten oder nur dreißig Sekunden? Lohnt es sich, 30 Sekunden an Sex zu denken? Wenn man schon an Sex denkt, sind doch wohl drei Minuten schöner. Als Ingenieur analysiere ich das Problem und nehme an: Schläft man täglich acht Stunden, dann bleiben sechzehn Stunden, in denen man 19-mal an Sex denken könnte. 19-mal drei Minuten, dann denken Männer im Durchschnitt 57 Minuten am Tag an Sex.

57 Minuten, länger als die Episode einer Netflix-Serie oder einer TV-Vorabendserie, welch ein Erkenntnisgewinn. Wieder einmal lächerlich, womit sich Statistiker so befassen; ich musste glucksend lachen und mir lief Wasser in den Hals, dass ich mich höllisch verschluckte. An der schwimmenden mit roten und weißen luftgefüllten Bällen bestückten Leine, die die Bahnen abtrennte, musste ich mich festhalten und ich hustete erbärmlich, ja, ich lief wohl hochrot an, die Augen tränten und ich rang nach Atem. Aber kein Aas nahm Notiz von mir.

Die anderen Schwimmer zogen stur ihre Bahnen weiter, nicht einmal der Bademeister auf seinem Hochsitz am Beckenrand schien beunruhigt.

Könnte man nicht digitale Kameras über dem Schwimmbecken aufhängen und mit einem optischen Überwachungsprogramm koppeln, dass „auffällige" Schwimmer ermittelt und den Bademeister akustisch aufweckt; ... ich sollte einmal so etwas entwickeln und anbieten.

Und Norbert? Der schwamm in der breiten Außenbahn an der Fensterseite und schielte wahrscheinlich mit seiner scharfen Schwimmbrille bewaffnet nach hübschen Mitschwimmerinnen und dachte 19-mal pro Stunde an Sex, an Sex im Wasser, Sex in der Umkleidekabine, Sex auf dem Schreibtisch, Sex im Fahrstuhl, Sex mit Studentinnen, nein – mit Studierendinnen, vielleicht sogar an Sex mit seiner Frau. Schließlich hatte er eine attraktive, angenehm heitere Frau, mit der man sich herrlich unterhalten konnte, die ambitioniert diskutierte und herzhaft lachen konnte. Eine Frau zum Pferde stehlen. Norbert war zu beneiden. Er hatte die Frau gar nicht verdient. Und die Schwimmbrille mit dem Haimaulhologramm auf den dunkel verspiegelten Gläsern auch nicht.

Ich riss mich zusammen und legte mich auf den Rücken, holte aus, schlug mit den Beinen, ruderte mit den Armen und dachte nicht an Sex, sondern daran, dass das Schwimmen mich fit halten und die Rückenverspannungen vertreiben sollte.

Es ist nicht fair, dass ich Norbert gegenüber missgünstig bin. Ihm habe ich einiges zu verdanken. Er hat mir meinen neuen Job verschafft. Er hat mich hoch in den Norden geholt, `raus aus dem Köln-Bonner Sumpf und meiner depressiven Phase. Meine Frau hatte mich verlassen. Sex hatte ich mit ihr schon länger nur unregelmäßig mit langen Abständen. Ein schleichendes Elend war unsere Ehe zuletzt, das muss ich eingestehen. Vielleicht ist alles gut so, wie es gekommen ist.

Jetzt wohne ich in der norddeutschen Großstadt, lebe in anderen Umständen, gehe mit dem Ungewissen schwanger. Ich schaffe mir ein neues Leben. Ich kann eigentlich ganz gelassen sein, niemand stellt Forderungen. Gut, gewisse Verpflichtungen habe ich noch. Ich versuche Kontakt zu den Kindern zu halten. Ich bemühe mich in dem neuen Job, bin ja froh, dass ich wieder in Arbeit bin und eine Aufgabe habe, etwas vorweisen kann, falls ich danach gefragt werden sollte. Aber Sex wäre wirklich nicht schlecht, so richtig realer Sex und nicht nur gedachter, geträumter oder selbst gemachter Sex vor dem DVD-Player oder dem Internet-Bildschirm.
Hier in der Schwimmhalle mit olympischen Bahnen sieht man so schöne junge ideale Schwimme-

rinnen im Wasser trainieren und sich am Beckenrand präsentieren, bevor sie anmutig ins Wasser
springen, zu den jungen Hechten, wo sie wohl hin-
gehören, strenggenommen. Ein Hecht bin ich schon
lange nicht mehr. Wenn´s gut wäre, ein Barsch.
Vielleicht aber auch ein Karpfen?

Norbert und ich hatten heute wieder mal das
Thema Sex am Wickel, angestiftet von der Presse.
Julian Assange, der in Schweden der sexuellen Nö-
tigung angeklagt war und ist. Der Kerl, der in USA-
Auslieferungshaft im Londoner Hochsicherheitsge-
fängnis Belmarsh sitzt, weil er für die Veröffentli-
chung von geheimen USA-Akten zu Kriegsverbre-
chen verantwortlich gemacht wird. Dann Strauß-
Kahn, dem man Sex-Sucht, Macht-Fantasien und
den Wunsch unterstellt, Frauen unterwerfen zu
wollen – egal, ob der Mann aus den Fängen der Jus-
tiz entkommen ist, schuldig oder unschuldig.
Strauß-Kahn, einen ehemaligen französischen Fi-
nanzminister – wir kennen ihn nicht, wir kennen
nur das abstoßende Bild in der Presse. 2011 been-
deten eine Reihe von Vorwürfen zu sexuellen Straf-
taten seine politische Karriere als Direktor des Internationalen Währungsfonds. Ob er überhaupt
real war? Oder hat man einen drittklassigen Schauspieler für die Medien engagiert, der diese Figur ver-
körpert? Auch wenn man jetzt den Namen in Such-
maschinen eingibt, findet man Gerüchte, nun aber
über schmuddelige Beratertätigkeiten im Finanz-
wesen und Ölgeschäften. Oder Harvey Weinstein,
den ehemaligen Hollywood-Filmproduzenten, der

im März 2020 wegen diverser Sexualvergehen zu 23 Jahren Haft verurteilt wurde.

Die Medien greifen dergleichen Geschichten gern auf, schon immer; ich denke zurück an die Andeutungen und journalistischen Nachforschungen um Willy Brand im Wahlkampf-Zug-Abteil, an Uwe Barschel im Neptun-Hotel Warnemünde, an Bill Clinton im „Oral Office".

Offenbar, so hat es den Anschein, sind Leser, Männer wie Frauen, versessen auf Sex-Geschichten. Was früher Gerüchteküche hieß, heißt nun Google-News und bedient die Konsumenten nach ihren favorisierten Suchanfragen.

Im Herren-Umkleidebereich des großen Schwimmbades hört man immer mal wieder, zumindest von lautstarken Männergruppen, das Stichwort „Sex". Natürlich, die Einzelgänger unter den Frühschwimmern, die sowieso eher wortkarg sind, die führen keine Selbstgespräche und fallen bei den zurückhaltenden Begrüßungen in unserem Club morgens auch nicht gerade mit der Tür ins Haus.

Aber es gibt nicht nur Einzelgänger oder Zweierformationen, wie Norbert und mich. Es gibt ein paar Rudel von Jungspunden, so Ende zwanzig, Anfang dreißig, die deuten am Spind beim Umziehen schon mal an, was so gelaufen wäre, nach dem letzten Meeting in der Zentrale, auf dem Betriebsausflug, bei der Weihnachtsfeier. Die protzen, stehen voll im

Saft. Ja, nackte Männer auf dem Weg zur Dusche. Für Heterosexuelle eher weniger stimulierend, aber vielleicht lenken das Nacktsein, die Körperkultur und die olympische Schwimmerarena die Gedanken doch automatisch auf das Erotische und das ewige Verlangen. Aphrodite, die Schaumgeborene, ob sie auch Patin der gefliesten Schwimmoper ist? Ist sie auch zuständig für die Homosexuellen oder die Nicht-Binären, oder haben die eine eigene Gottheit?

Und welche Gottheit ist eigentlich für Karpfen zuständig?

## 02. Welche Umstände mich in die Badeanstalt trieben und ich zum Frühschwimmer avancierte

„Die Menschen machen Pläne, und dann kommt alles anders", rezitierte mein Großvater sich oft. Nicht resignierend, eher in dem Sinn, dass es schwierig ist, Ziele im Leben zu erreichen. Eigentlich wollte er mit seiner Frau, meiner Großmutter, nach Argentinien auswandern, aber dann musste er für Hitler nach Russland ziehen und es kam alles anders.

Es ist aber auch möglich und liegt mir als Ingenieur nahe, die Welt mit Chaosprinzip und Zufällen zu erklären: Ich hatte gar nicht den Plan, regelmäßig früh am Morgen schwimmen zu gehen. Die Entscheidung fiel keiner Logik folgend. Es waren eher die Einsamkeit, die Langeweile und der Zufall, dass ich Norbert kannte, die mich dazu brachten, das

Angebot meines Kollegen und Studienfreundes anzunehmen, ihn zu begleiten. Ich konnte nicht vo-
raussehen, dass ich dabeibleiben würde. Im Nachhinein fügt es sich – hinterher ist man immer
schlauer! Der Pfennigfuchser Norbert hatte von seinem Orthopäden das Schwimmen gegen seine
Rückenbeschwerden verordnet bekommen, und
weil es morgens früh und im Abonnement am bil-
ligsten ist, hatte er sich die Frühschwimmer-Karte
besorgt. Irgendwie ahnte er, der sich für körperliche
Ertüchtigung nicht im Geringsten interessierte,
dass er einer sozialen Kontrolle bedürfe, und so er-
kor er mich als sein Über-Ich, als seinen Coach, der
ihn antreiben und verpflichten sollte.

Eigentlich hatte ich eine Abneigung gegen
Schwimmhallen. Kühle Fliesen, klirrende Akustik,
Chlorgeruch und schlüpfrige Feuchtigkeit, lau-
ernde Legionellen-Keime in Duschköpfen, ja, überall Keime und Pilze, der Kommandoton von Bade-
meistern, Hygiene-Richtlinien und Verbotsschilder,
Hausordnungen, spießige Badelatschen, enge
Spinde wie in Kasernen-Fluren, Kabinenreihen,
kalte Duschen – alles Erinnerungen aus sinnen-
feindlichen Kindheitstagen.

Dabei könnte man doch auch an römische Bade-
kultur oder mittelalterliche Badehausszenen an-
knüpfen, nur selbst erlebt hatte ich diese eben
nicht, und es war auch nicht anzunehmen, dass die
heutigen Schwimmhallen mit Wettkampfbahnen

dem Sinnenfrohen dienen sollten. Und mit Absicht hatten Norbert und ich ja auch nicht eine „Wohlfühl-Badelandschaft" oder „Wellness-Oase" gewählt. Nein, die Angelegenheit sollte den Zweck erfüllen: Rückenertüchtigung, Ausdauerschwimmer-Schwimmen in langen 50-Meter-Bahnen, ohne flache Nichtschwimmer-Zone.

Doch, ich war erstaunt, bei aller Zweckdienlichkeit, Nützlichkeit und strenger innerer Technik, die kühn geschwungene Architektur, die äußere Freitreppe von der Straße empor, das Hallendach, und das Pendant das war einladende Ästhetik ganz nach meinem Geschmack . Nachdem ich mich an den Ablauf und die nötigen vorbereitenden Prozeduren gewöhnt hatte, bemerkte ich auch meine Mitschwimmer: Damen und Herren, Kerle und Weiber, Jüngelchen und Backfische, mehr oder weniger angezogen, im Sinne von Kleidung und auch von Verlangen – manche schienen sogar zu flirten.

Ich will nicht sagen, dass das Frühschwimmen meine Passion geworden ist. Aber indessen kann ich eine Vielzahl von Gründen nennen, die mich dazu bringen, morgens in die sogenannte Schwimmoper zu gehen. Aber ich will sie nicht nur aufzählen, nein, die Situation will entwickelt und erklärt werden. Es gibt hauptsächliche Begründungen und nebensächliche Begleiterscheinungen. Nicht jeder wird sich für das Frühschwimmen begeistern können, besonders nicht die Wasserscheuen. Ich will auch gar nicht allen empfehlen, es mir gleich zu tun – dann würde es auch in meiner Schwimmoper viel zu voll werden, zu viel Tenöre. Heute haben die Schwimmhallen anpreisende Namen wie „XY-Therme" oder „Spaß-Bad-Forum" oder „Tropical-Island", mit dieser Mode muss man leben. Hauptsache ist für mich wäre, dass man in den Morgenstunden Eintritt hat, wenn auch dort die Ernsthaften schwimmen, statt zu planschen!

Zurück zu Norbert und den Zufällen. Zufällig war ich der Einladung zu dem Ehemaligen-Treffen der TU Hamburg-Harburg gefolgt – nein, so zufällig war es gar nicht. Ich war arbeitslos, hatte freie Zeit. Meine Frau hatte mich verlassen, war genau gesagt durchgebrannt. Ich hatte nichts Besseres zu tun, war sentimental drauf und hoffte, durch die Begegnung mit Gleichgesinnten aus alten Tagen auf andere Gedanken zu kommen. Ein wenig spekuliert hatte ich auch auf einen Tipp für eine Anstellung oder einen Job.

Norbert hatte die Veranstaltung organisiert. „Spanferkel, Modeschule Armgartstraße, LiLaLe", das waren Stichworte in seinem Anschreiben, die sofort Erinnerungen weckten. Damals war das Ingenieursstudium eine Männerdomäne, besuchten mehrheitlich oder fast ausschließlich Studentinnen die Modeschule an der Armgartstraße und ließen sich gern zu den Semesterfeten der Ingenieure einladen. Es herrschte kein Widerspruch zwischen Technik-Orientierten und Kreativen; es gab an der

Kunsthochschule am Lerchenfeld noch ein elitäres LiLaLe-Faschingsfest der Intellektuellen, die mit Anspruch unangepasst und heimlich lüstern dem ewigen Paarungstrieb folgten – und Ingenieure reihten sich hier mühelos ein, nicht selten in technisch aufwändigen leuchtend-elektrisierenden Kostümen.

Gern folgte ich der Einladung. Jahrelang hatte ich mich nicht um derartige Veranstaltungen gekümmert. Auch zu den Klassentreffen meiner Bremer Schule bin ich nicht gepilgert. Nach Bremen zog mich nichts mehr. Die Eltern waren gestorben, das Haus verkauft, meine ach so erfolgreiche ältere Schwester lebte und arbeitete als Bankkauffrau in London. Wen sollte ich im Norden besuchen?

Mein Leben, so schien es mir im Rückblick, begann nach der bremischen Schule als Zivildienstleistender im Hamburger Universitätskrankenhaus Eppendorf, dort erst auf einer Bettenstation der Unfallchirurgie und dann im OP als „Mädchen für alles", wie man damals sagte. Mein Vater verachtete mich für diese Entscheidung. In Hamburg wurde ich selbstständig, hatte ein Zimmer im Schwesternwohnheim neben dem „Erikahaus". Es war streng behütet mit Pförtnerin. Die Zivildienstleistenden und einige wenige männliche Krankenpflegeschüler hatten im Erdgeschoss ihre Schlafräume und ein Gemeinschaftsbadezimmer. In die oberen Stockwerke zu den Schwesternschülerinnen und Schwestern kam man an dem „Hausdrachen" mit

Häubchen nicht vorbei. Aber die jungen Damen waren nicht abgeneigt, klopften an die Fenster im Erdgeschoss und waren noch gelenkig genug, über das Sims in die Zimmer zu gelangen. Es war harmlos, meist kamen die Schülerinnen ja zu zweit, um dann kichernd im Zimmer zu rauchen oder billigen mitgebrachten Wein zu trinken, ein Kontingent aus der Stationsküche, das als „Marsala mit Ei" eigentlich den Rekonvaleszenten zugeordnet war.

Nach dem Zivildienst ein kurzer Impuls, Medizin zu studieren. Der Vater förderte den Studienwunsch nicht, sollte ich doch wie er Schifffahrts-Kaufmann werden, der Mutter wiederum schmeichelte der Gedanke, einen Arzt in der Familie zu haben. Doch der wurde durch das Grundstudium, insbesondere den Physik-Kurs, bis zum Vorphysikum wieder zunichte gemacht: Physik anwenden, Maschinen bauen, vielleicht sogar Medizingeräte, Instrumente zur Verbesserung der Welt, das begeisterte mich mehr und ich spürte auch die Anerkennung des Vaters; das war etwas Handfestes, ließ sich berechnen, verkaufen.

Medizin dagegen beschäftigte sich immer auch mit unberechenbaren Patienten, die „Seele" oder Psyche spielte eine nicht zu leugnende Rolle, und gerade das war mir unheimlich. Dann doch lieber Ingenieurs-Aufgaben, technische Probleme lösen, kreativ sein mit Zahlen und Gleichungen.

Das Studium flog vorbei, bestand aus Büffeln, Tüfteln und einer gehörigen Portion Prüfungsangst.

Nur selten konnte man sich ein wenig gehen lassen und feste feiern. Dafür war das Geld auch zu knapp. Für Liebschaften und Flirts eigentlich kein Platz.

Nur in einem war ich mir sicher: Nach Bremen zu den Eltern wollte ich nicht zurück. So kam das Angebot, nach dem Diplom in den technischen Süden der Republik zu gehen, genau richtig. Genau dort begann dann auch mein wirkliches Leben, dort lernte ich meine Frau, die Buchhändlerin, die Germanistik studieren wollte, kennen. Trotzdem würde ich es nicht wieder so machen, nein, die Fehler würde ich weglassen. Als ich jung war, grübelte ich nicht. Das Leben flog mir zu.

Ja, wenn ich hier in der Schwimmoper meine Bahnen ziehe, dann sinniere ich über das Leben. Das gelingt mir hier besonders gut.

Die Jungspunde, die Ambitionierten, die für den City-Man-Triathlon trainieren, haben noch kurzfristige Ziele, immer an der nächsten Beckenkante anschlagen, wollen einen Blumentopf gewinnen, Ehre, und sie wollen schön sein wie die klassischen Griechen-Statuen. Immerhin, sie wissen, dass es ohne Fleiß keinen Preis gibt. Sie sind getrieben oder werden gezogen.

Ich aber habe die Fünfzig überschritten und kann auch zurückdenken, muss nicht mehr Erster sein. Ich bin unabhängiger. Ich fühle mich als Zwitter, nicht mehr jung, noch nicht alt. Da fällt mir wieder mein Großvater ein: Alt ist immer zehn Jahre älter – nie kritisch in den Spiegel kucken.

Gefällt mir. Das ist relativ, kann eine Konstante sein.

Hier in der Schwimmoper bin ich Zuschauer und Schauspieler gleichzeitig.

Doch war es all das, was mich in die Badeanstalt trieb und zum Frühschwimmer machte?

Es war die Trennung von meiner Frau und die Arbeitslosigkeit, was mich nach Hamburg spülte. Einsamkeit und Langeweile am neuen Wohnort, veranlassten mich, mich Norbert anzuschließen, der mich als Motor für die ihm verordneten Schwimmübungen brauchen konnte.

Und genau hier in der Schwimmhalle stelle ich fest, dass sie ein Mikrokosmus ist, den zu studieren mir zu neuen Einsichten und Erkenntnissen verhilft. Ich werde fitter, mir geht es besser. Weil ich das genießen und festhalten möchte, schreibe ich es auf. Es ist wie ein Experiment, bei dem ein Protokoll und Notizen nötig sind, um alle Bedingungen für die spätere Analyse aufzuzeichnen, auch die, die scheinbar nichts mit dem Prozess zu tun haben. Ich schreibe es für mich, vielleicht auch für Nachfahren, auch für einen unbekannten Leser, weil ich plötzlich neues Selbstwertgefühl gewinne: Ich glaube, mein Leben könnte auch andere interessieren!

### 03. Das sind niemals 20 Zentimeter

Männer sind schwanzgesteuert, heißt es. Man nickt mit dem Kopf oder ist entrüstet. Dabei ist hier der Begriff „schwanzgesteuert" schon unscharf. Als Ingenieur liebe ich das Handfeste, die Genauigkeit, das Messbare, Fakten und Ergebnisse. Zugleich merke ich, es ist sinnlos, alles messen zu wollen. Kein Mensch kann die Welt erklären. Und auch das Glück findet man so nicht, falls man es je sucht.

Kleine Jungs entdecken ihren Zipfel, wollen ihn begreifen, lernen, wozu er nützt. Ziemlich schnell ist klar, dass er dem Pinkeln dient. Man kann den Strahl steuern, mit der Hand modulieren, zumindest, wenn man nicht beschnitten ist. Kleine Jungs stellen sich dem Wettbewerb: Wer am weitesten pinkeln kann.

Große Jungs entdecken dann den Quell der Lust. Und weil in unserer modernen Welt das Messen und der Wettbewerb eine Religion sind, begeistern sich viele Männer und wohl auch Frauen an dem Vergleich. Ich erinnere mich an das Nacktbaden in den Siebzigern, an gemeinsame Saunabesuche. Meine Eltern begründeten die Neuerwerbung: „Den Vorrats- und Kartoffelkeller neben der Waschküche brauchten wir nicht mehr. Wir haben uns da jetzt eine Sauna einbauen lassen. Das ist ja so gesund für die natürliche Abwehr und dabei auch entspannend. Habt Ihr nicht Lust dazu zu kommen? Sechs Personen passen da rein..." Bloß nicht verklemmt wirken. Natürlich sein, wie die Eingeborenen am Amazonas oder wenigstens so wie die Finnen im Land der Mitternachtssonne.

Okay, die freie Liebe und das Hippieleben hatten die Deutschen in den Siebzigern schon als Experiment hinter sich gelassen und waren in den Reihenhäusern und Bungalows angekommen. Der Swimmingpool 6x4 Meter im Garten neben der Terrasse, von den Nachbarn einsehbar, war nicht zum Nacktbaden zu empfehlen. Aber die Sauna im Keller eignete sich. Sie diente ja der Gesundheit, Leib und Seele: „Schlacken ausschwitzen", „Saunagespräche". Ein Glas Sekt vorneweg, schon war man lockerer, führte aber auch so unangezogen zu anzüglichen Bemerkungen. Das Tauchbecken zum Abkühlen: Ha, welch´ Effekt war da zu messen. „Wie kalt ist das Wasser?" „So kalt", gezeigt wurde dann die Länge des geschrumpften männlichen Geschlechtsteils zwischen Daumen und Zeigefinger. Je kleiner, desto mehr wurde gelacht.

So ist das, wenn man in einer Sauna ist. Es wird gelacht, geneckt und allgemein sind die Normen bekannt, spätestens seitdem sie in der BRAVO veröffentlicht wurden. Über Kleine lacht man gern.

Ich bin gesundes Mittelmaß. Als Pubertierender habe ich meinen Penis mit dem Zentimetermaß untersucht und war beruhigt, aber nicht etwa stolz. Da gab es andere, die auf Klassenreisen und nach dem Sportunterricht keine Gelegenheit ausließen, ihre Pracht zu demonstrieren. Hier wurde der Begriff „Fleischpenis" geprägt. Es gibt eben Männer, die haben viel Fleisch am Stecken, viel Bindegewebe. Eine Erektion vergrößert diese Penisse kaum. Andere haben „Volumenpenisse", bei denen man kaum glaubt, wie sehr sie sich entfalten können, wenn hormon- und reizgesteuert Blut hineinfließt.

Gewiss, solche Experimente wurden auf Klassenreisen durchgeführt. Die Schüchternen und Kleinen beteiligten sich lieber nicht. Streitigkeiten über die exakte Messung blieben nicht aus, denn das Ergebnis hielt im wahrsten Sinne des Wortes einer nüchternen Betrachtung nicht stand: „Das sind niemals zwanzig Zentimeter!" Kaum war dieses Urteil gefällt, fiel das Objekt der Messung in sich zusammen und ein wirklich analytischer Disput verbot sich, das wäre nur peinlich gewesen. Objektive Schiedsrichter oder gar Schiedsrichterinnen gab es nicht.

Jetzt im Schwimmbad erinnert mich die Situation an dieses Schaulaufen in meiner Jugend. Es gehört derzeit einfach zum guten Ton, in der Männerdusche nackt zu erscheinen oder sich auszuziehen. Duschkabinen, bei denen man die Tür schließen könnte, für sich sein kann, gibt es in der Schwimmoper nicht mehr. Wahrscheinlich wurden sie zum Zweck der allgemeinen Überwachung und sozialen Kontrolle abgeschafft. In Einzelkabinen könnte immerhin auch Unzucht getrieben werden, könnten Kinder oder Jugendliche zarten Alters Zielscheibe von Übergriffen werden.

Trotz des Desinfektionsmittels Chlor und der Ozon-Wasseraufbereitung sind die Schwimmer angehalten, sich komplett zu waschen, bevor sie sich ins Becken begeben. Schweiß, Hautpartikel, Schmutz – alles soll gründlich abgespült werden, und das geht ohne Badehose besser. Bemerkenswert die mehr oder minder markanten Selbstinszenierungen innerhalb dieser kleinen, zufällig zusammengewürfelte Gruppe morgendlicher Frühschwimmer im Männer-Duschraum, die da nun nackt rumsteht. Da gibt es die Verschämten, die kommen mit der Hose in den Duschraum, drehen sich unter der Dusche zur Wand, ziehen die Hose kurz herunter, seifen sich schnell ein, spülen sich ab und ziehen ihre Hosen blitzschnell wieder hoch. Es gibt diejenigen, die, mit Hose und Dusch-Utensilien in der Hand, zwar nackt vom Spind kommen, ihr Genital aber damit bedeckt halten, und sich dann für alle, die gucken wollen, frei und ungeniert waschen und abduschen und danach in ihre Badehosen steigen. Und dann gibt es die Protzer und Präsentierer, die ihren Auftritt lieben, die nach links und rechts schauen und kontrollieren, ob man sie sieht.

In der letztgenannten Gruppe tummeln sich so manche Ästheten, die ihren Körper nach klassischem Muster im Fitnessstudio getrimmt haben, ohne dabei zu übertreiben oder Anabolika zu benutzen; es sind nicht die Bodybuilder mit diesen übertriebenen Armmuskeln, diese Sorte geht nicht zum Schwimmen. Nein, es sind eher Narzissten, Männer, die auch zur nahtlosen Bräunung auf der Sonnenbank liegen, die sich am ganzen Körper rasieren und stutzen, eine goldene Halskette tragen, vielleicht auch eine Tätowierung oder ein intimes Piercing zur Schau stellen.

Es gibt aber auch die Art von Männern mit seltsamen Selbstbild, die sich für landläufig schön halten, es aber nicht sind. Die Hälse zu kurz, die Beine krumm, weit ab vom goldenen Schnitt. Sie gehen stolz erhobenen Hauptes und mit geschwellter Brust. Ob sie sich, nackt wie sie sind, für schön und aufregend halten? Vielleicht zeigen sie einfach nur gern ihr Gemächt. Ein Witzbold, den ich aber nur ein Mal beim Frühschwimmen sah, hatte sich gut lesbar über dem Schambein den Schriftzug „Hier keine Trinkwasserentnahme" eintätowieren lassen. Ich kann mir vorstellen, dass dieser Schriftzug bei einem ersten erotischen Rendezvous ablenkt und gar nicht sexy wirkt. Na, selbst Schuld – wer sich tätowieren lässt, muss damit leben, dass man die Farbe nicht so einfach loswird.

Norbert und ich haben diese Intimsphäre nie weiter erörtert. Für uns ist die Situation samt diesen ungeschriebenen Hygieneregeln ganz normal, kratzt uns nicht. Man stiert nicht auf die Genitalien anderer, aber wenn einer seinen Fleischpenis stolz präsentiert, dreht man sich auch nicht verschämt weg. Man gibt sich, als sei man angezogen in der U-

Bahn. Zugegen, wenn einer mit asiatisch oder afrikanischen Wurzeln den Duschraum betritt, was trotz des hanseatischen Mottos, ein Tor zur Welt zu sein, selten der Fall ist, könnte vielleicht doch ein neugieriger kindlicher Zug kurz in mir aufglimmen, aber nein, ich beherrsche mich und schaue nicht nach. Habe auch gar kein Zentimetermaß dabei.

Allenfalls im Hinterkopf flammen Gerüchte und Geschichten auf, wie die von der angeblichen Furcht der Asiaten, bei zu kaltem Wasser könne es zu einer Invagination kommen, einer schwer reversiblen Einstülpung des Penis nach innen. Ich verbiete mir diese Gedanken. Und ich will auch nicht wissen, ob unsere orientalisch aussehenden Zeitgenossen aus religiösen oder medizinischen Gründen oder überhaupt beschnitten sind. In dem Zusammenhang fällt mir ein Wortspiel meiner aus Pubertät ein, nach dem die Vorhaut Vorhaut heißt, weil sie nach dem Zurückziehen vor haut.

Ernsthaft, mir fällt die Situation meiner Zivildienstzeit ein, in der die diensthabende Oberschwester mich anwies, bei dem dementen Patienten mit der Oberschenkelhalsfraktur in Zimmer 8 die Eichel zu pflegen, denn der Mann hatte offenbar vergessen, dass dies nötig ist. Dieser Anweisung zu folgen, kostete mich große Überwindung. Ich hatte Abitur, aber keinerlei Lebenserfahrung, wie man an eine solche Aufgabe herangeht. Und ich wusste auch nicht, was mich optisch erwartete. Ich will nicht beschreiben, was ich dort vorfand. Zum Glück erbarmte sich eine Schwesternschülerin im zweiten Lehrjahr, die sich daran erinnerte, als sie zum ersten Mal mit dieser Prozedur bei einem geriatrischen Fall betraut war, sie half mir. Es war auch gut, dass der Mann Alzheimer hatte und die Prozedur wieder vergessen konnte.

Anders verhält es sich bei den jungen Motorradfahrern, die im Sommer die Stationen der Unfallchirurgie bevölkern. Wehe dem, der sich zusätzlich zu einem Unterschenkel auch beide Arme bricht. Ihm wird es nicht erspart bleiben, dass Fremde in seine Intimsphäre eindringen. Dann kann er froh sein, wenn er die Wahl hat, ob ein männlicher Pfleger oder eine Krankenschwester ihm diese Pflege angedeihen lässt.

Da bleibt die Intimsphäre in der Schwimmoper vergleichsweise wenig angetastet.


## 04. Nur zweimal wöchentlich anstatt täglich

Nun wieder zurück in Hamburg, habe ich mich an Norbert gehalten. Jahrelang hatte ich nichts von mir hören lassen und war in meinem Köln-Bonner Lebensraum völlig eingebönnscht. Norbert Braunstein war nicht mein Freund gewesen. Nie haben wir uns in den vergangenen Jahren besucht. Nach dem Studium hatten sich unsere Lebenswege getrennt. Er war Assistent an der Uni und schließlich Dozent geworden. Während der Studienzeit hatte ich kurz um seine Freundschaft gebuhlt, aber er war Everbodys Darling, beliebter Kumpeltyp, kommunikativ, immer auch von Frauen verfolgt wie ein

Komet von Sternenstaub. In seiner Ulmer Heimat hatte er eine Ausbildung zum Elektriker absolviert, Abitur auf dem zweiten Bildungsweg gemacht, nebenbei als Animateur und Reisebegleiter eines Reisebüros gejobbt, wo er sich schnell das charmante Rüstzeug der Freizeit-Branche aneignete, bevor er in Hamburg das Studium aufgenommen hatte. Für mich war er der Inbegriff eines leichtlebigen, nichtsdestotrotz zielstrebigen Süddeutschen. Ein wenig hatte er von dem Ulmer Schneider geerbt, der nach den Wolken strebte. Gleich zu Beginn sah er sich unter den jüngeren Kommilitonen um, wer zu den Wissenden und Genialen gehören mochte, wer über Beziehungen verfügte, sei es zu den Dozenten, zu Haustechnikern oder zu den Damen der Mensa, die die Hähnchenbeine oder Fischfilets zuteilten. Die Menschen waren ihm zugetan, er ging auf sie zu und sein süddeutsches Lächeln gewann, insbesondere im sturen Hamburg. Er wusste, wo man aktuelle Skripte erwerben konnte, und kannte die Läden und Werkstätten, in denen man günstig an Materialien gelangte. Dabei war er sozial, half den weniger Wendigen, die es verdienten, und hielt die arroganten Schnösel aus den Elbvororten auf Distanz, ohne sie zu brüskieren. Heute würde man es als perfektes Networking bezeichnen, wofür er ein Naturtalent war; ich glaube auch nicht, dass man dies wirklich lernen kann ...

Alle mochten Norbert. Sie staunten, dass er neben den Fachbüchern auch das eine oder andere philosophisch-politische Werk diagonal las und sich mit den ersten ökologischen Thesen auseinandersetze. Er liebäugelte mit der Solartechnik und war skeptisch gegenüber der Atomtechnologie. Allerdings hielt er sich von den ASTA-Theoretikern des Fachschaftsrates fern. Klar, er organisierte für einen kleinen Kreis Eingeweihter Skiferien oder im Sommer eine Yacht-Charter „Round Corsika" und beschaffte für Feten wohlschmeckende Weine aus BaWü. Anfangs hatte ich seine nett gemeinten Sätze für ein ernst gemeintes Freundschaftsangebot gehalten. Aber all zu beliebt, vermochte er die Versprechungen nicht zu halten. Ich selbst hatte mich dann an ein paar wenige Norddeutsche gehalten, bodenständige, verlässliche Kerle mit drögem Humor, die Bier dem Wein vorzogen. Wir alle hatten schließlich unser Diplom erlangt und uns aus den Augen verloren.

Doch nun hatte ich es Norbert zu verdanken, dass mein Leben eine neue Wende genommen hat, hatte er mir doch auf der Ehemaligen-Veranstaltung den entscheidenden Tipp für meinen neuen Job gegeben. Er selbst hatte schon mit dieser mittelständischen Firma zu tun gehabt, die vom Verteidigungs- und Innenministerium Aufträge mit Geheimhaltungspflicht erhielt, aber auch von Waffenproduzenten oder der Werkzeug-Industrie mit der Herstellung von bestimmten gefrästen Teilen für Prototypen beauftragt wurde. Die Geschäftsführung hatte mich ausgesucht, weil ich genug Erfahrung mit moderner computerbasierter

Frästechnik hatte und andererseits auch noch alte Baupläne und Zeichnungen lesen und in neue Software übersetzen konnte. Besonders gut bezahlt war der Job nicht. Man hatte mich auf Herz und Nieren geprüft, meinen Lebenslauf durchleuchtet und war offenbar überzeugt, dass ich für Industriespionage oder Geheimnisverrat nicht in Frage kam, obwohl ich mich zum Zeitpunkt der Bewerbung nicht in der besten wirtschaftlichen und sozialen Situation befand.

Vielleicht traute man mir auch eine gewisse Durchtriebenheit nicht zu, hielt mich für bürgerlich-verlässlich, abgeklärt, dankbar nach der Zeit der Arbeitslosigkeit und gerade deswegen besser geeignet als einen jungen Ingenieur mit unvorhersehbaren Ambitionen. Derzeit experimentierte die Firma mit Geschossen und Geschosshülsen aus radiologisch „unsichtbarem" Zirkon oder Glaskeramiken mit Schwermetallkern für Handfeuerwaffen. Die Geschosse selbst sollten beim Aufprall möglichst zersplittern und keine Rückschlüsse auf Kaliber und den abfeuernden Lauf zulassen. Die Geschosshülsen selbst sollten so dünn wie nur irgend möglich gefertigt, mit einer dünnen Teflon-Schicht überzogen werden und nach dem Abfeuern und dem automatischen Auswerfen aus der Pistolen so spröde reagieren, dass sie bei „normalen" Bodenverhältnissen bei Bodenberührung zersplittern würden. Meine neue Firma sollte diese neuen Materialien nach Form und Vorschrift fräsen, testen und eine Serienproduktion vorbereiten.

So weit war es also gekommen. Der Zenit meiner Berufstätigkeit war überschritten, so konnte ich mir meinen Arbeitgeber auch nicht mehr aussuchen. Ich würde mit niemanden über diese Aufträge sprechen dürfen, aber in meiner Lage bestand da auch wenig Gefahr. Norbert fragte mich nicht nach meinen Aufgabengebiet, als ich mich bei ihm im Büro sehen ließ, mich für den Tipp bedankte und ihm erzählte, dass ich nach Hamburg übersiedeln würde. „Toll, Mensch, ich freu mich, so einen alten Sack wieder häufiger zu sehen. Weißt, ich bin´s auch ein bisschen Leid mit der Hierarchie an der Uni und dem ganzen bürokratischen Kram. Die Pumpe macht mir zu schaffen. Is´ wohl auch ein bisschen Einbildung, neudeutsch Burnout. Ich soll Ausdauersport machen, am besten Schwimmen. In die gleiche Kerbe haut mein Orthopäde wegen meinen Rückenverspannungen und den Schmerzen in der Wirbelsäule: Ich hätte mir zu viel aufgeladen, solle meinen Rücken stärken, am besten beim Schwimmen, das würde entspannend wirken. Los, Alter, mit dir nehm´ ich´s noch auf. Du siehst so ´n bisschen schlaff aus, als könnte auch dir das Schwimmen nicht schaden. Lass es uns mal versuchen. Und nach ein paar hübschen Wassernixen können wir da auch schielen, wie früher am Strand …" Ich zuckte mit den Achseln, aber er redete auf mich ein, lächelte, knuffte mich wie in alten Studententagen.

Dann vermittelte er mir sogar eine Wohnung nahe der Schwimmoper. Ein Uni-Assistent wollte sie gerade aufgeben, weil er in die Industrie wechselte und nach Frankfurt zog. Er wollte „Abstand" haben für das täuschend echt wirkende Landhausdielen-Imitat, Laminat genannt, und lamentierte, dass er seinen amerikanischen Riesenkühlschrank mit Icecube-Maschine nicht in seine neue Frankfurter Wohnung mitnehmen könne.

Ich bezog also die hübsche, schlicht renovierte, weiß gestrichene Dachwohnung im sechsten Stock nahe Berliner Tor, kein Balkon, an einer der wichtigsten Ausfallstraßen der Hansestadt gelegen. Mindestens 70.000 Autos fahren werktags dort vorbei. Verkehrsgünstig befindet die Wohnung sich damit zentral in der Stadt, mit Fahrstuhl vom Hochparterre bis in den fünften Stock auch ohne Anstrengung nur über wenige Treppenstufen zu erklimmen. Die schrägen Dachfenster lassen kaum Straßenlärm dafür aber viel Licht in die Wohnung. Doch wenn ich Lust bekomme, Menschen zu sehen, und sei es in Blechkonserven eingesperrt im Stau, oder als Fußgänger über die zebragestreifte Furt von der Ampel geleitet, muss ich den Hebelmechanismus des Dachfensters in den „Reinigungs-Modus" schalten, das Dachfenster komplett nach innen kippen – so steht es in der „Gebrauchsanweisung für Mieter", die dem Mietvertrag beigefügt ist. Schließlich kann ich mich auf die oberste Stufe meiner eigens dafür angeschafften Leiter setzen, wie ein Tennisschiedsrichter. Es ist eine sehr gute Leiter. Der Handlauf um die oberste Stufe bietet meinem Rücken und den Hüften Halt, eine kleine Ablagefläche, ursprünglich wohl für Malerwerkzeug gedacht, dient dann dem Kaffeebecher und ein paar Keksen als Tisch. Ein Fernglas könnte ich an den Haken hängen, aber ich habe keines und möchte auch nicht als Spanner gelten, wenn ich da oben throne. Obwohl mich kaum einer dort bemerken wird, denn es ist das höchste Haus der Straße, ein ehrfurchterregendes Zinshaus aus dunkelrotem Klinker, aus der Chile-Haus-Ära der Stadt, vielleicht ein Fritz-Höger-Bau. Womöglich beäugen mich Bewohner wirklicher Hochhäuser an der Mundsburg mit Teleskopen?

Dort sitze ich dann nach der Arbeit und schaue in das Abendrot, in den weiten nordischen Himmel. Der Verkehrslärm wirkt hier oben wie Nordseerauschen. Nur spät abends, wenn der Stau sich aufgelöst hat, allenfalls einzelne Angeber ihre Motoren aufheulen lassen, den Drehmomentanzeiger hochziehen, platzt die Illusion und ich weiß, dass ich nicht im Mast-Topp eines Großseglers sitze.

Ab und zu erscheinen Tauben, Krähen oder Möwen dort oben und erschrecken sich, wenn ich für sie so unvermittelt auf meinem Ausguckposten sitze. Auf dem Dach haben sich Flechten, Moose und zähes Wildkraut angesiedelt und trotzen Hitze, Dürre, Nährstoffarmut, Sturm und Regen; sie passen zu mir.

Zur Schwimmoper könnte ich in fünf Minuten zu Fuß gelangen, aber ich habe mir ein gebrauchtes Fahrrad angeschafft, mit dem ich mich in der Stadt bewege und bei gutem Wetter auch zur Firma in den unwirtlichen, aber aufregenden, von Fleeten durchzogenen Stadtteil Hammerbrook fahre – den Stadtentwickler und Makler euphemistisch Hammerbrooklyn getauft haben. Gleich nach dem Frühschwimmen komme ich mit frischgewaschenen Gedanken im Betrieb an, häufig als Erster von den White-Collar-Workern. Es sind die Ideen, die mir beim Schwimmen einfallen, die ich dann stichwortartig aufschreibe. Mit der Arbeit haben sie eher selten etwas zu tun, so aufregend ist mein neues Aufgabengebiet wahrlich nicht. Ich schreibe sie in mein Notizbuch, das kann ich schnell verstecken und überallhin mitnehmen. Vielleicht könnte ich sie auch in mein Mobil-Phone tippen oder diktieren, aber irgendwie vertraue ich dem Papier mehr. Ich glaube auch, dass kein Dieb jemals an dem kleinen schwarzen Notizbuch interessiert wäre. Falls es ins Wasser fallen würde, schwämme es kurze obenauf, ich könnte es retten – dann spränge ich hinterher, denn schwimmen kann ich ja.

Natürlich wusste Norbert, der alte Schwabe, welches Eintrittsangebot der „Bäderland-GmbH", die fast alle Schwimmbäder in Hamburg betreibt, für unsere Zwecke günstig ist, also habe ich es ihm nachgetan. So erwarben wir nach Ausfüllen des

Aufnahmeantrags durch Ausstellen der Einzugsermächtigung Mitgliedsausweise des Mini-Frühschwimmer-Clubs 2 x wöchentlich, Chipkarten mit Lichtbild, die den bargeldlosen Zutritt durch das Drehkreuz ermöglichen. Das hört sich nach BRD, Bürokratische Republik Deutschland an, aber so ist das nun mal und für jemanden wie mich auch ein sachlich-nüchterner Vorgang, der auf diese Weise sprachlich korrekt ohne Umschweife die Tatsache beschreibt, wie eine Gebrauchsanweisung. „Mehr als zweimal pro Woche schaffen wir eh nicht. Und wenn doch, dann kann man den Frühschwimmerausweis upgraden oder zahlt vorsichtshalber erst einmal die zusätzlichen Male eben bar." Norbert spart beim Frühschwimmen.

Stimmt, wenn wir zum Frühschwimmen wollen, müssen wir beide halb sechs aufstehen, und für Norbert, den Uni-Dozenten mit süddeutschen Wurzeln, der nach seiner Elektriker-Lehrlingszeit nie wieder regelmäßig so früh raus musste, war das eine Herausforderung. Ich stehe gern früh auf, gehe ja meist auch früh zu Bett. Ich stromere nicht gern allein durch die Stadt, muss auch sparsam wirtschaften. Schließlich habe ich fast alles aufgegeben. Aber ohne viel Zeugs, ohne Grundbesitz, nur mit etwas Geld auf dem Konto und ein paar festverzinsten Anlagen mit der Aussicht auf eine Altersversorgung lebt es sich auch ganz leicht. Die Wohnung, spärlich möbliert, ist einfach zu putzen. Das Auto vergesse ich manchmal. Da ich keine Garage mehr habe und die Suche nach einem Parkplatz schwer ist, lasse ich es gern stehen und nach ein paar Tagen weiß ich dann kaum mehr, wo ich es abgestellt habe und muss es mühselig suchen. Indessen habe mir eine Notiz-Datei ins Handy getippt, halte den Namen der Parkplatzstraße und die Hausnummer fest, knipse ein Handyfoto des Standortes, bevor ich es ganz vergesse. Ob ich mir einen Tracker anschaffe – für den alten Gebrauchtschlitten? Oder soll ich die Karre abstoßen und mir bei Bedarf ein Auto mieten? Norbert, ganz Schwabe, rät zu Car-Sharing. Er selbst hat allerdings mehrere Autos; wobei der geliebte Austin Healey – der studentische „Abschleppwagen" für hübsche Hanseatinnen – meist aufgebockt in einer Garage steht, wo Norbert von Zeit zu Zeit an ihm rumschraubt. Mit seiner Frau teilt er sich noch einen Smart und für längere Strecken besitzen sie jetzt einen spießigen B-Klasse-Mercedes: Hoher 50 plus Einstieg, solide, mit allen möglichen Airbags und elektronischen Hilfen.

## 05. Männer sind Augenwesen

„Hast du die gesehen oder den ...", fragt mich Norbert häufig und teilt mir dann seine Beobachtungen mit. Vor dem Schwimmbad oder in der Eingangshalle warten wir aufeinander und gehen dann zusammen in die Badeanstalt, zeigen dem magischen Auge des elektronischen Wächters unsere Chipkarten, bekommen grünes Licht, passieren das Drehkreuz, gehen die Treppe hinab in den Bauch der Anstalt, wo das Rumoren zunimmt, die Duschen rauschen, die Leitungen vibrieren, die Absaugung schwüler Luft funktioniert, wohin temperierte Luft geblasen wird und Menschen sich unterhalten.

Die wir kennen, grüßen wir knapp und hamburgisch mit „Moin" und unterhalten uns gedämpft. Natürlich reden wir auch über was so los ist oder was wir vorhaben. Aber nach dem Duschen trennen wir uns, wir treten nicht gern gegeneinander wie im Wettbewerb an. Nach dreißig Minuten Schwimmen in verschiedenen Lagen treffen wir uns dann wieder. Wir gehen diverse Zeitgenossen und -genossinnen durch, sind die Leute doch immer wieder für eine Überraschung gut, während unser Berufsalltag für uns alte Hasen kaum noch Überraschendes bietet.

Gleich beim ersten Mal hatte Norbert eine Schwimmbrille dabei. Er hatte ja auch schon vor mir Erfahrungen gesammelt. So besaß er eine dieser neuen, hautengen Trainingsschwimmhosen, die richtigen Badelatschen und auch eine aktuelle Sporttasche. „Freundlicher älterer Herr" prangt darauf in kleinen neongelben Lettern, gleich daneben ein Aufkleber der Max-Planckgesellschaft. Wobei, so ganz klar ist es nicht, ob der Schriftzug selbstironisch gemeint ist oder sich auf das Logo bezieht, diesen behelmten Griechen- oder Etrusker-Kopf. Ich weiß natürlich, dass es die Minerva sein soll, die Göttin, die die Handwerker und Ingenieure beschützen soll. Aber wirklich zu erkennen ist das auf dem Logo nicht. Nur der Mund sieht aus wie von einer Frau.

Genau hingucken, das ist mit Chlorwasser im Auge gar nicht so einfach. Außerdem reizt dieses Hallenwasser die Bindehaut, besonders, wenn man den Kopf nicht steil aus dem Wasser hält, sondern krault. Da hilft eine Schwimmbrille natürlich. Aber das Marketing der Wasserwerke-Untergesellschaft „Bäderland" macht es einem da leicht. An der Kasse des Schwimmtempels liegen alle Utensilien für den angenehmen Aufenthalt bereit, von der Badehose – falls man seine mal vergessen hat, kann man da sofort eine kaufen – über die Ohrstöpsel, aus meiner Sicht verzichtbar, bis hin zur Schwimmbrille.

Ich wählte eine getönte. Man wird dann nicht von der aufgehenden Sonne geblendet, die durch die großen Scheiben der Schwimmoper scheint. Außerdem können andere kaum erkennen, wohin ich unter Wasser schaue. Schönes straffes Fleisch von Frauen in knapper Badekleidung. Manch eine mit sportlicher Figur, auch üppigere, barocke Schönheiten. Gern würde ich die mal in den Arm nehmen, um herauszufinden, ob sich das noch gut anfühlte oder die Grenze schon überschritten ist. Gucken wird ja wohl erlaubt sein. Wahrscheinlich ist es sogar erwünscht. Und was ich mir denke ... Dass ich mir verkneife, tatsächlich eine in den Arm zu nehmen, versteht sich von selbst.

Ob andere mich auch so taxieren, sich Gedanken über meinen Bauch, zu schwabbelig oder zu wenig durchtrainiert, machen? Zugegebenermaßen tue ich die Schritte von der Badeleiter zum Duschraum mit leicht eingezogenem Bauch. Vor dem häuslichen Spiegel überprüfe ich mich auf Speckröllchen und finde nur meinen Bauch ein bisschen zu fett. Auch noch meinen Lendenwirbelbereich auf den Prüfstand zu stellen, bleibt mir zu Glück erspart. Ich vermute aber auch dort die unliebsamen Speckröllchen – wuchernde Haare rasiere ich dort gelegentlich weg. Das gelingt mir immerhin noch ohne Schnittwunden und Schulterzerrung.

Was mir so durch den Kopf geht. So gut wie nie mache ich mir hingegen Gedanken über das Seelenleben all der Gestalten, die mir durch meine Schwimmbrille aus der Unterwasserperspektive ins Blickfeld geraten. Da diese Körper dann meist unter Wasser noch kopflos erscheinen, wird diese Weltsicht begünstigt und entschuldigt mich – so hoffe ich.

Doch manchmal mache ich mir schon Gedanken um die Seele meiner Mitschwimmerinnen. Da gibt es z.B. diese magersüchtigen Skelette in ihren Badeanzügen, die ihre Bahnen durch das Wasser ziehen. Eine Frau in meinem Alter ist mir aufgefallen. Ich habe sie auch schon im Eingangsbereich der

Schwimmoper und auf den Gängen gesehen; verhüllt in Hosen und Pullover wirkt sie schlank, fällt nicht weiter auf. Allenfalls lassen die eingefallenen Wangen und tiefliegenden Augen sie etwas kränklich aussehen, obwohl sie geschminkt ist und die kurzen Haare kess in Form geföhnt sind. Ihr stets rascher Schritt wirkt auf den ersten Blick dynamisch. Warum sie ihren Körper aber so schindet, sich hetzt, will ich nicht wirklich wissen. Oder hat sie gerade erst die Chemo-Therapie überwunden und nun die ärztliche Erlaubnis zum Schwimmen?

Leider erlaubt der Schwimmbrillenblick auch die klare Sicht auf den gefliesten Becken-Boden – andere Beckenböden liegen ja zum Glück unter Badekleidung verborgen. Abgelöste Pflaster von Hühneraugen, Wunden oder Pickeln finden sich da, abgerissene Plastikverzierungen von Badekappen, zerfledderte Etiketten aus Badehosen, Flaschenverschlüsse der isotonischen Energiedrink-Konsumenten – kurzum der Hardware-Schrott des Industriezeitalters. Was sonst noch so an biologischem Abfall im Wasser treiben mag? Körperflüssigkeiten, Hautschuppen, Haupt-, Körperund Schamhaare, abgerissene Fußnägel, Nasenschnodder und Rachenrotze, diese weniger sichtbaren aber deutlich unappetitlichen Rückstände. Lieber nicht so genau darüber nachdenken. Es gibt ja auch potente Filteranlagen, die Umwälzpumpe,

Chlor, Ozon und die enorme Verdünnung des riesigen Beckens mit vielen tausend Litern Wasser – das beruhigt mich dann wieder.

Überhaupt: was ich nicht seh´, drückt nicht am Zeh, was ich nicht weiß, mach mich nicht heiß; ich will nicht alles wissen, ich will auch nicht alles sehen.

Aber selbst wenn ich nicht alles sehen will, ich habe nun mal Augen im Kopf. Und wenn ich nicht mit Scheuklappen durch die Gegend wandeln will, muss meine Umgebung in Augenschein nehmen. Permanent bewerte ich, was ich sehe, überlege, ob es mir gefällt, oder nicht, ob ich zustimmen könnte, oder ablehnte.

Diese alten Männer in ihren ausgeleierten und verblichenen Büxen – können die sich nicht mal was Neues gönnen? Andere alte Knacker in unangemessen knapper Jugendmode, mit englischen Aufdrucken aus der Hiphop-Szene oder weiß der Kuckuck woher.

Oder diese aufgereihten Kunststoff-Badelatschen, über deren Einfallsreichtum an Formen und Farben man sich nur wundern kann. In solchen Fällen bin ich der freien Marktwirtschaft dankbar dafür, dass nix und niemand mich zwingen kann, in diese Schlappen zu schlüpfen. In der DDR hätte es sicher nur zwei Sorten gegeben. Normal und für höhere Kader. Und vielleicht drei Farb-Varianten, rot = für Frauen, blau= für Männer und gestreift = für Unentschlossene.

Wenn ich all das sehe, beobachte, dann würde ich eigentlich auch gern darüber reden. Vielleicht mehr als Frauen sind Männer wohl Augenmenschen. Aber es fällt ihnen wiederum schwerer, zu reden. Mir fällt es nicht schwer zu reden, ich weiß nur nicht so recht, mit wem. Norbert verulkt meine Gedanken gerne, antwortet auf meine Gedanken und Pläne mit angelernten norddeutschen Phrasen: „Vie pitte?" „Wat hest du secht…", „Nimm di nix för, dann sleit di nix fehl". Bleibt das Zwiegespräch mit mir selbst. Bis ich jemanden gefunden habe. Nur leider suche ich gar nicht so richtig. Angst, Absagen zu kassieren.

## 06. Der nasse Blick zurück

Letzten Donnerstag konnte ich nicht zum verabredeten Schwimmen mit Norbert gehen. Ein unvorhergesehen und früh einberufenes Meeting der Firma. Stattdessen ging ich am Sonnabendmorgen, musste nicht mal so früh wie sonst aufstehen, weil die Badezeit erst um acht Uhr beginnt und der Korridor für Frühschwimmer-Ticketbesitzer am Wochenende bis zehn geht. Es nieselte ein wenig, war aber noch warm vom gestrigen Sonnentag und der windstillen Nacht unter der Wolldecke. Kurz vor acht war ich an der Schwimmoper, stand mit einigen Wartenden am Eingang. Kannte keinen von denen und musterte die anderen Frühschwimmer. Ein paar Freunde oder Bekannte quatschten miteinander, zwei Väter waren mit ihren Sprösslingen angerückt. Der Rest schweigend in sich gekehrte Einzelgänger. Ein bisschen einsam war mir schon zumute.

Die Väter erinnerten mich an jene glücklichen Wochenend-Tage, an denen meine Frau mich mit den Kindern aus dem Haus ins Freibad geschickt hatte, aufdass die Kinder beim Schwimmen und Toben hungrig und müde würden, damit wir dann zur Mittagspause unsere Zweisamkeit genießen könnten. Vielleicht wollte sie vormittags auch nur einmal ganz alleine sein. Als Buchhändlerin hatte sie ja täglich mit den Kunden zu tun, musste Tipps geben, Fragen beantworten, Bestellungen aufnehmen, Vertreter anhören. Manchmal kamen Abendveranstaltungen dazu. Lesungen mit und ohne musikalische Einlagen, anlässlich derer sie sich um die wichtigen Kundinnen bemühen musste, denn es kamen zu diesen „Events" überwiegend die Leserinnen, weniger die Leser.

Samstags hatte sie grundsätzlich frei genommen. Trotzdem stand sie früh auf wie immer. Obwohl die Kinder noch schliefen. Kochte Kaffee und holte die Zeitungen aus dem Briefkasten. Und dann las sie, rauchte dazu und wollte nicht gestört werden.

Manchmal bemerkte sie mich kaum, wenn ich mir einen Becher Kaffee holte, lächelte mir zu, erwiderte murmelnd einen Morgengruß und vertiefte sich dann wieder in ihre Lektüre. Geküsst werden wollte sie so früh morgens nicht, entzog sich.

Ich ging dann zurück in den ersten Stock, in das von Vorhängen abdunkelte Schlafzimmer, ließ die Tür offenstehen. Über die Treppe auf der Empore über dem Wohnzimmer konnte ich sie sehen. Das große Panorama-Fenster spiegelte die offenstehende Tür zur Küche. Und dann sah ich ihr Spiegelbild. Sie, mit übereinander geschlagenen Beinen im Morgenmantel am Küchentisch sitzend, blättern, lesen, rauchen, Kaffee trinken, wie in einem französischen Film von Truffaut. Ich weiß nicht, ob sie bemerkte, dass ich sie so von fern bewunderte. Ich trank dann auf dem Bauch liegend, verkehrt herum am Fußende, das Kissen unter die Arme geschoben in kleinen Schlucken meinen Kaffee, blickte abwechselnd auf das Spiegelbild und dann durch das große Fenster auf das Rheintal in Richtung Bonn und auf den großen Himmel und träumte von Ferienzielen und Landschaften, ließ die Gedanken laufen, schob die Ingenieursaufgaben von mir und sehnte mich nach dem Glück, und die Zeit verrann.

Nicht lange, dann wachten die Kinder auf. Tappten, noch klein, ins Schlafzimmer, stellten ihre Fragen, äußerten Wünsche, tobten mit dem Vater im Bett, holten Vorlesebücher. Bis sie gewahrten, dass die Mutter fehlte und es an der Zeit schien, sie aufzusuchen und ihr Frühstück einzufordern. Das war eine heitere Zeit, turbulent, allein schon durch die Kinder.

Nach dem Frühstück wurden Aufgaben verteilt, ein Tagesplan aufgestellt. Nach einem eventuell nötigen Einkauf würde ich mit den Kindern etwas unternehmen, während Suse zu Hause blieb. Einen Mittagsimbiss vorbereiten, „ihre Allein-Zeit" nehmen. Irgendwann am frühen Nachmittag wären wir ausgetobt und hungrig nach Hause gekommen. Dann wären die Kinder abgefüttert worden und zur Mittagsruhe geschickt, mit Hörspiel-Kassetten-Recordern, später walk-men, dann disc-men, in ihre Zimmer verbannt. Und sie hatten es akzeptiert, ließen ihre Eltern in Frieden, die sich ins abgeschlossene Schlafzimmer zurückzogen.

Ja, an solch' nieseligen Tagen war ich mit den Kindern ins Schwimmbad gefahren, so wie diese Männer mit ihren Kindern, die mir nun in Hamburg vor der Schwimmoper begegneten.

Mechanisch folgte ich der Meute in die Schwimmoper, als die Tore öffneten. Die Anwesenheit der Kinder – wochentags gesellten sich nie welche unter die Frühschwimmer – veränderte das Verhalten aller. Das ausgiebige Nacktduschen bei den Männern entfiel zugunsten einer kurzen Episode. Als Väter und lärmende Kinder den Duschraum betraten, sahen die Anwesenden zu, flugs ins Wasser zu kommen. Ich wollte nur meine Bahnen schwimmen, mich körperlich ertüchtigen, den neuen für richtig befundenen Rhythmus einhalten. Aber samstags fehlten die Bahnabtrennungen, die schwimmenden

Schnüre. Es war eine einzige Wasserfläche und jeder musste seine eigene imaginäre Bahn finden. Obwohl ich meine Bahnen-Zeit mithilfe der Hallenuhr stoppte, mir die zurückgelegte Entfernung bei jeder Wende aufsagte, konnte ich die Melancholie, die sich auf den Morgen legte, nicht wegstecken. Der vertraute Umgang des einen Vaters mit seiner vielleicht sechsjährigen Tochter und dem achtjährigen Sohn. Das rührende Üben des Kopfsprunges vom Beckenrand. Zureden, Trost und Lob des Vaters. All dies beobachtete ich beim kurzen Halt nach der 500 Meter-Marke und es trieb mir Tränen in die Augen. Ich musste mir eingestehen, wie sehr ich diese Zeit vermisste. Damals war das alles so selbstverständlich gewesen. Familie, Frau, Kinder. Die Zeit so turbulent und so glücklich verstrichen. Im Nachhinein zumindest kam es mir so vor. Jetzt, wo ich allein war, mich einsam fühlte und ungewiss.

Meine Kinder, beide ja schon erwachsen, hatten bei der Trennung eher Partei für die Mutter ergriffen, konnten sie verstehen und rieten mir, die Lage zu akzeptieren. Sie lebten ihr eigenes Leben. Daniela, unsere Tochter, hatte nach der Schule bei meiner Schwester Katrin in London Unterschlupf gefunden und dort begonnen, Wirtschaft zu studieren. Sie verstand sich gut mit ihrer Tante, zumal diese viel arbeitete, die beiden selten zusammentrafen und meine Schwester ihr als Gegenleistung für das kleine Dachzimmer Hausarbeiten auferlegte, die meine Tochter offenbar zur Zufriedenheit aller erledigte. Zum Glück hatte Daniela mit Katrins Hilfe sogar ein Stipendium ergattert, so dass mich meine monatliche Überweisung trotz des teuren Londons nicht allzu sehr belastete. Daniela hatte zudem einen studentischen Job bei einer Werbeagentur gefunden, der sie neben dem Studium aber auch sehr in Anspruch nahm – der Grund dafür, dass sie auf Mails von mir selten, verzögert und nur kurz antwortete. Nie ein Dank oder gar der Wunsch, ich solle sie besuchen.

Tobias, unser Sohn, hat sein Mathe- und Informatik-Studium nach sechs Semestern abgebrochen. Schon während des Studiums hatte er für ein Software-Unternehmen Programmier-Jobs erledigt, ist immer tiefer in die spezielle Logistik-Problematik für Öl- und Gaslieferanten eingestiegen und wird nun von seiner Firma weltweit herumgeschickt, um bei der Einführung neuer Programme oder deren Updates die Kompatibilität mit vorhandener Hardware Probleme zu lösen. Von ihm höre ich überhaupt nichts mehr. Seine Wohnung in Bonn hat er aufgegeben, die Handynummer geändert. Ich wüsste nicht einmal, wie ich ihn erreichen sollte. Die Telefon-Account-Managerin der Firma verspricht mir stets, ihn über den Anruf zu informieren, er sei aber gerade nicht erreichbar. Anfangs schickte ich schriftliche Nachrichten noch an seine Firma, bei der er angeblich auch immer noch arbeitet, aber Antworten bleiben aus.

Ich weiß nicht, was mir meine Kinder vorwerfen, ja nicht einmal, ob sie mir etwas vorwerfen. Ich weiß nur, dass sie mich meiden. Das Haus in Königswinter habe nicht ich verkauft und sie ihres Elternhauses beraubt. Das hat meine Ex-Frau zu verantworten.

Danielas Habseligkeiten lagern indessen in mehreren Umzugskisten in einem dieser modernen, wohltemperierten sterilen Lagerhäuser, verkehrsgünstig an der Autobahn nach Köln gelegen. Tag und Nacht ist ihre Drei-Kubikmeter-Box per Codewort zugänglich, das Lager videoüberwacht, feuergeschützt und vor Einbrechern gesichert. Sensoren warnen vor Gerüchen, Leckagen und Insektenbefall. Ideal, man hat Besitz komprimiert, sich von ihm getrennt, bezahlt eine Gebühr dafür, und wenn man nach einer Probezeit der Trennung feststellt, dass man sich drei Jahre nicht mehr dahinbewegt und gekümmert hat, lässt sich der Box-Inhalt gegen Gebühr einfach entsorgen. Neuerdings veranstalten solche Lagerfirmen „blind-boughts"-Aktionen. Da kann man dann „verwaiste Kisten" ersteigern, wenn die Mieter nicht mehr zahlen und sich nicht ermitteln lassen. Vielleicht ersteigern ja Schriftsteller diese Kisten, um sich vom Inhalt inspirieren zu lassen.

Tobias fand Utensilien aus seiner Kindheit überflüssig, das Aufbewahren derselben als sentimental. Als das Haus verkauft wurde, hat auch er seine

Bücher verkauft oder verschenkt, genauso wie Poster oder andere Gegenstände; die CDs waren eh längst digital gespeichert und das Analoge entsorgt. Selbst das geliebte Mountainbike, einst mühsam erspart und erbettelt, speziell getuned und noch gut in Schuss, hat er ohne zu zögern weggegeben. Vielleicht existieren diese Dinger aus seiner Vergangenheit noch als fotografische Erinnerung auf einem Daten-Stick. Ob er das Fotoalbum, das ich ihm zum 18. Geburtstag mit kommentierten Bildern von 1. Tag bis zum 18. Lebensjahr zusammengeklebt hatte, auch digitalisiert und dann geschreddert hat? Ich vermute, dass er die kleinen Warhammer-Figuren, die er einstmals zusammenklebte und bemalte, leicht mittels 3-D-Drucker wiederauferstehen lassen könnte. „Maximale Freiheit" ist seine Devise, Sachen belasten ihn angeblich. Auf seinen Geschäftsreisen um den Globus begleitet ihn nur seine minimalisierte Hardware, und seine Firma akzeptiert es auch, dass er wie ein Berufsjugendlicher gekleidet ist und auf Anzüge verzichtet. Ob er eine Freundin hat? Wer seine Freunde sind – ich weiß es nicht und Suse, meine Frau, kann und will ich nicht fragen.

So hat sich unsere Familie auseinanderdividiert. Aber vielleicht empfinde nur ich es so. Lediglich in meiner Großhirnrinde existieren noch Erinnerungen, Fotos in Alben, wenige Gegenstände, die ich mir aufzubewahren und in die Jetzt-Zeit hier in meine Großstadt-Wohnung zu retten leiste.

Gerüche lassen sich weder aufbewahren noch digital speichern. Ich weiß aber genau, wie es in Königswinter riecht, wenn man im Mai den langen Treppenweg zu unserem Haus hinaufsteigt, an einem Regentag wie diesem.

Längst hatte ich aufgehört die Bahnen zu zählen. Die Schwimmbrille nervte, die Tränen juckten in den Augen. Die Brille hatte ich jetzt auf die Stirn geschoben und schwamm langsam auf dem Rücken. Nun hatte ich die Schnauze voll. Im wahrsten Sinne des Wortes. Eine Welle spülte von der Seite über mich hinweg. Ich brach meine Sportstunde ab und führte mir vor Augen, was ich an diesem Sonnabend an Hausarbeiten zu erledigen hatte. Der Akku meiner elektrischen Zahnbürste war defekt. Ich musste zum Elektromarkt fahren, reparieren ließ sich da nichts. Ich wollte Wäsche waschen, Staubsaugen, vielleicht sogar meine schrägen Dachfenster putzen.

Nachmittags könnte ich in die Kunsthalle gehen. Um vierzehn Uhr gab es da immer Führungen, denen ich mich ab und zu anschloss, um die anderen Besucher zu betrachten. Ob sich Small Talk ergab, gar Bekanntschaften schließen ließen?

Danach hatte ich noch eine Einladung zu einem Grillabend in der Kleingartenkolonie eines Mitarbeiters aus der Fertigung. Der Mann feierte seinen 50. Geburtstag und hatte mich zusammen mit etlichen anderen aus der Firma eingeladen. An dem Gemeinschaftsgeschenk hatte ich mich finanziell beteiligt und auch zugesagt, das Lied mitzusingen. Den holperig gedichteten Text mit Episoden aus dem Firmenleben des Kollegen hatte ich auf einem Bogen zum Üben zu Hause, die Melodie stammte von den Beatles. Ja, so kommt man auf andere Gedanken.

Kurz nach dem Erreichen der Leiter trat mich beim Vorbeischwimmen noch jemand. Nicht weiter schlimm, aber unerwartet. Empört drehte ich mich um und sah eine blonde Frau in einem gelblichen, mit kleinen roten Drachenfiguren gemusterten Badeanzug vorbeischwimmen. Sie hatte ihren Tritt nicht für entschuldigenswert erachtet, offenbar nicht einmal gemerkt, dass sie mir einen verpasst hatte. Unbeirrt bewegte sie sich fort. Ich stieg die Treppe hoch, ärgerte mich noch über die Frau, aber zog kopfschüttelnd meiner Wege.

## 07. Tanz die Nacht

Es war ein typischer Mai. Ab Mittag nieselte es nicht mehr. Der Grillabend in der Kleingartenkolonie am alten Wasserturm fand sicherheitshalber im Vereinshaus statt, das aber eine große offene Veranda hatte, unter deren Dach man die feuchte Kühle des Mais gut ertragen konnte. Der imposante Tisch-Grill gehörte dem Verein, stand vor der Veranda und strahlte seine Hitze angenehm ab. Unter dem Veranda-Dach befand sich der Getränketresen mit Zapfanlage. In Grüppchen standen die Gäste zusammen, mit Maibowle im Glas, einem Willkommens-Prosecco oder gleich einem Bier. Es war kühl, windstill, roch nach Waldmeister. Der Atem dampfte, aus den umliegenden Kleingärten stieg Nebel auf.

Im Saal standen die Biertischgarnituren, an denen die Gäste Platz nehmen, das Grillgut verzehren oder vom langen Stehen ausruhen konnten. Eine Tanzfläche war freigeräumt, ein DJ versorgte die Gäste mit Hits aus den 80ern, Mikrophone für die üblichen Reden und Sketsche standen bereit.

Egon Reible, das Geburtstagskind, war Abteilungsleiter in der Buchhaltung. Ich hatte nicht viel mit ihm zu tun, rechnete es ihm deshalb hoch an, mich als „Neuling" eingeladen zu haben. Er hatte beim Aufbauen mitgeholfen, die Maibowle getestet und offenbar schon einige Willkommenstrünke genommen. Überschwänglich begrüßte er mich und klopfte mir unangemessen vertraulich auf die Schulter. Nannte mich Günni, obwohl wir uns sonst siezten und ich Siegfried heiße. Ob er die Nibelungen-Sage als Eselsbrücke zum Namenslernen genutzt hatte? „Siegfried heiße ich, nicht Günther". „Macht nichts", freute er sich, „dann eben Siggi". Ich freute mich auch, erinnerte es mich doch an die Karnevalstage in Königswinter und Bonn. Da schlugen die ehrenwerten Damen und Herren der Nachbarschaft auch über die Stränge und waren nach Aschermittwoch plötzlich wieder so höflich distanziert wie vorher auch.

Dann stellte Egon mich noch seiner Frau und seinen zwei Töchtern vor, bevor er sich jubelnd von neu angekommenen Gästen feiern ließ und mit ihnen anstieß. Ich wandte mich um und schlenderte in den Saal.

„Wollen Sie sich nicht zu uns setzen?", lud mich Frau Allzeit, die Sekretärin der Geschäftsführung, ein. In ihrem eleganten Kostüm wirkte sie in der rustikalen Umgebung etwas overdressed. Die beiden jungen Bürokauffrauen an ihrer Seite hatten sich einen heißen Tanzabend versprochen. Sommerlich, kurz und knapp bekleidet, nickten sie mir zu und ließen ihre Blicke schweifen, steckten die Köpfe zusammen und kicherten. Ab und zu zogen sie ihre Smartphones hervor, checkten die Displays oder machten „Selfies".

„Na, haben Sie sich in Hamburg eingelebt? Sind wir Norddeutschen wirklich steifer als die Rheinländer?", wollte Frau Allzeit wissen. Meine Bewerbungsunterlagen waren durch ihre Hände gegangen. Sie kannte meine private Situation, ich ihre nicht. Wie ich war sie in den 50ern. Ihre üppigen silbergrauen Haare hatte sie mit ihrer üblichen Hochsteckfrisur und Kämmen gebändigt. Als einzige Frivolität erlaubte sie es einigen Nackensträhnchen, vorwitzig aus dem Verband zu züngeln.

Ihre rosafarbene Bluse stand einen Knopf weiter auf als im Geschäftsleben und statt der Perlenkette hatte sie heute ein buntes Kollier aus Strass-Steinen umgelegt. Sie reichte mir mit ihrer perfekt manikürten Hand das Bowlenglas und bat mich, ihr noch ein wenig Maibowle zu holen. Ob sie ahnte, dass Egon Wodka dazu gegossen hatte?

Die Kunst des Smalltalks beherrschte ich einigermaßen. Ich erfuhr, dass Frau Allzeit von einem Bundeswehroffizier geschieden war, eine Studentin der Betriebswirtschaft als Tochter hatte. Die Sekretärin liebte die Oper und das Ballett und schien ansonsten seit über zwanzig Jahren mit der Firma verheiratet. Am liebsten hätte ich ihr gesagt, dass sie ein Paradebeispiel für eine Hanseatin sei. Auf die Unterschiede zwischen Rheinländern und Norddeutschen kamen wir nicht mehr zurück. Es wurden die üblichen Reden gehalten; Egon begrüßte die Gäste, bedankte sich für die Geschenke, ohne sie zu kennen. Ein Vorstandsmitglied, Herr Düren, lobte ihn und seinen Einsatz für die Firma, ein Schwager gab private Anekdoten preis, die Töchter zeigten mit dem Beamer eine Diashow seines Lebens und brachten dem Vater ein Ständchen, die Ehefrau trug hochroten Kopfes ein Gedicht vor und gestand ihrem Mann ihre Liebe, die Kollegen verteilten den Liedtext und wir alle sangen den holperigen Text auf die Beatles-Melodie „We all live in a yellow submarine". Die Sache zog sich hin und nicht nur mir knurrte der Magen. Endlich wurde das Salatbüffet freigegeben und man durfte sich am Grill anstellen. Der DJ fuhr seine Anlage hoch und an eine echte Unterhaltung war im vorsorglich gut schallisolierten Saal nicht mehr zu denken. Es sollte getanzt werden. Und dem kam man auch nach, sobald die ersten Würstchen vertilgt waren.

Als mein Hunger gestillt war, erhob ich mich, nickte den Damen zu. Verbale Verständigung konnte man vergessen. Ich suchte das Weite.

Auf der Veranda hatten sich die männlichen Nichttänzer versammelt, frozzelten oder politisierten. Mit einem frisch gezapften Bier stellte ich mich mal dazu. Manche fragten, woher man den Gastgeber kannte, um ein Gespräch zu beginnen, ließen sich dann aber wieder von Bekannten ablenken. Nach Verzehr meines „Grilltellers" stand ich also draußen bei den Rauchern und Bierzapfern und langweilte mich, ließ schließlich den Gedanken freien Lauf. Wie oft war es mir schon ähnlich ergangen. Auch in Königswinter hatte ich mich manchmal fremd gefühlt. In den Bekannten- und Freundeskreis meiner Frau war ich zwar aufgenommen, die Sippschaft kannte sich jedoch seit Urzeiten. Die Schulzeit und gemeinsame Karnevalserlebnisse hatten sie zusammengeschweißt. Immer wieder wurden Anekdoten aus alter Zeit aufgewärmt, man brach in Gelächter aus. Ich war ausgegrenzt, fühlte mich zumindest so. Ungewollt ausgegrenzt.

Im Vereinshaus schleuderten wilde Tänzer die Willigen über den Tanzboden, bis die Kondition erlahmte und die Damenwelt die Fläche allein bevölkerte.

Frau Allzeit wollte „mal Luft schnappen" und gesellte sich zu mir. Ob mir der neue Betrieb gefalle, fragte sie mich und interessierte sich scheinbar auch für meine bisherigen beruflichen Stationen;

sie war höflich, nett, aber ein gewisses Flackern in den Augen verriet, dass der Wodka in der Bowle ihr zugesetzt haben musste. Auf eine Art war ich froh, mal von mir zu berichten zu können. Und ich wollte ja auch nicht abweisend wirken. Wenn sie mich schon fragte, konnte ich auch antworten. So plätscherte das Gespräch ohne peinliche Pausen dahin. Doch unterbrach sie mich mitten im Satz, als „Cecilia" von Simon and Garfunkle ertönte: „Lassen Sie uns tanzen, das ist das Lied, zu dem ich mich das erste Mal verliebt habe." Sie nahm mich beim Ellbogen und dirigierte mich in das Vereinshaus. Innen kochte die Atmosphäre, es war laut, die Lichtorgel im Einsatz, hohe Luftfeuchtigkeit und auf der Tanzfläche stampften die Leute mit hoch erhobenen, fuchtelnden Armen zur Musik. Ich wollte kein Spielverderber sein. Stellte mein Glas ab, zog das Jackett aus und machte mit. Die Allzeit lächelte mich an und sang den Text mit. Danach wurde Philli-Sound gespielt, Barry White, wir fassten uns an und tanzten Disco-Fox, es klappte ganz gut und machte auch Spaß, doch als schließlich „Je t´aime" an der Reihe war, hatte die Sekretärin ein Einsehen und meinte: „Lassen Sie uns wieder hinausgehen, es ist zu heiß hier." Contenance!

Draußen sprach Vorstandsmitglied Düren sie an: „Ach, Frau Allzeit, meine Frau und ich wollten uns auf den Weg machen. Es ist ja schon spät. Sollen wir sie mitnehmen, Sie müssen ja auch nach Bergedorf?"

Die Sekretärin sah mich an, zögerte, es liefen blitzschnelle Signale durch ihre Synapsen und dann streckte sie ihren Rücken durch: „Ich habe zwar ganz wunderbar mit unserem neuen Ingenieur, Herrn Spring, getanzt und mich unterhalten; ein wirklich nettes Geburtstagsfest von Herrn Reible. Aber ich muss vernünftig sein, morgen früh habe ich eine Verabredung mit meiner Tochter. Ja, Ihr Angebot nehme ich gerne an. Herr Spring, es hat mich gefreut. Es wird sich bestimmt eine Gelegenheit ergeben, unser nettes Gespräch fortzusetzen."

Wir verabschiedeten uns per Handschlag, dann waren die drei verschwunden. Auch ein paar andere gesetztere Gäste waren schon gegangen, der Grill glühte noch, aber die Würste und Nackensteaks waren längst verzehrt, eine hilfreiche Servicekraft mit langer Schürze sammelte Gläser und Geschirr ein, einige Raucher standen an der Theke, jemand zapfte Bier.

Unschlüssig stand ich da; sollte ich bleiben, mich zu den beiden Mechatronikern aus der Produktion gesellen und ein Gespräch anfangen? Den Schwager von Reible ansprechen, der mit dessen beiden Töchtern und anderen Verwandten an einem Stehtisch räsonierte, und seine Rede loben? Würde sicher gut ankommen. Aber wahrscheinlich würde ich die eh nie wiedersehen.

Da drehte sich eine der beiden jungen Bürofrauen, die anfangs mit der Allzeit und mir an einem Tisch gesessen hatten, vom Tresen um zu mir, drückte den Zigarettenstummel aus und steuerte mit einem vollen Glas auf mich zu. „Das passt ja, da schnapp ich mir einen guten Tänzer." Sie packte mich am Handgelenk und zog mich Richtung Tanzfläche. Wieder ließ ich es geschehen. Konversation war nicht nötig. Es wurde wilder Discofox getanzt, dann eine Art Balkan-Polka mit reichlich Blechbläsereinsatz, danach ertönten lateinamerikanische Rhythmen: „Können Sie etwa auch Salsa?", fragte meine blonde Partnerin erwartungsvoll. Meiner Frau zuliebe hatte ich, kurz bevor es mit unserer Ehe zu Ende ging, einen Wochenend-Workshop mitgemacht. Anstrengende acht Stunden an zwei Tagen mit dem Ergebnis, dass wir uns beide ziemlichen Muskelkater geholt hatten, was auch die zugegebenermaßen heißen Rhythmen und schmachtenden Lieder nicht wettmachen konnten. Vielleicht hatte sich im Zuge dessen aber auch erwiesen, dass wir nicht so harmonierten, wie meine Frau sich das erhofft hatte. Obwohl ich mir schon einbilde, ein gewisses Gefühl für Rhythmus und Takt zu besitzen. Aber klar, die von der Salsa-Tanzschule für Singles angeheuerten, erotisch aufgeladenen jungen Exil-Kubaner oder Latinos mussten ihr die Augen geöffnet haben. Ich war nicht so beweglich wie sie in den Hüften und würde es auch nicht mehr werden.

„Versuchen wir´s", schrie ich der Blonden, deren Name ich nicht parat hatte, ins Ohr. „Zeigen Sie mir nochmal kurz die Schrittfolge". Wahrscheinlich hatte der Alkohol seine Wirkung getan – ein Blick auf meine Partnerin, die meiner Bitte nachkam, und schon fielen mir die Schritte wieder ein. Ich musste nicht mehr auf ihre Füße schauen, ich drückte ihr Becken an das Meine und wir folgten der Musik, wagten ein paar Drehungen, dann ließ ich sie los und drehte sie in eine Promenade. Wir konnten gut miteinander. Ich kam zwar ins Schwitzen, aber die Kondition reichte. Das Frühschwimmen zahlte sich offenbar aus.

Dann hatte der DJ ein Einsehen und legte argentinischen Tango auf, so einen modernen, der die Melodie mit einem zweiten, schnelleren elektronischen Beat überlagerte und verzerrt wiedergab. Die Tanzfläche leert sich sofort. „Tanzen Sie auch Tango?", rief ich herausfordernd. Sie lachte nur kühl. „Ich habe früher, im Anschluss an die Tanzstunde, mal zwei Jahre Turnier getanzt. Wenn Sie führen können …"

Zwei Tangokurse hatten meine Frau und ich vor dem Salsa-Kurs auch ausprobiert. Mir lag die Musik, aber meiner Frau war sie zu schwermütig. So haben wir aufgegeben.

Jetzt kamen mir die Schritte wieder ins Gedächtnis, die Musik turnte mich an. Die junge Frau in meinem Arm hatte ihre Wickeljacke, die sie vorhin am Tisch noch trug, längst abgelegt. Ich spürte meine eine Hand auf ihrem Rückendekolletee ruhen, hielt sie fest. Sie legte nach Tangomanier ihre Schläfe an meine, tanzte mit geschlossenen Augen. Wir schritten und schritten, drehten, verharrten, sie ließ ihren Fuß gekonnt an meiner Wade hochund runterwandern und dann folgte die nächste

Promenade. Ich genoss es, die junge Frau in den Armen zu halten, ihren warmen Körper zu spüren. Applaus hob an, man sah uns zu, wir waren das letzte Paar auf der Tanzfläche. Dann endete das Stück.

Nun ging es mit Rock´n´Roll weiter, aber da musste ich passen. „Sie tanzen gut", lobte mich die junge Frau, sah sich aber gleich nach ihrer Kollegin um, strich ihren Minirock glatt und ging zu ihrem Tisch zurück. Dort hatten sich inzwischen jüngere Mitarbeiter aus Produktion, Lager und Logistik versammelt, für mich war kein Platz mehr frei. Die jungen Kerle musterten mich, der eine hob den Daumen aus der Faust und kommentierte spöttisch: „Gut aufgepasst in der Tanzstunde." Der Rest ging im Schall der der Musik unter, die indessen in die „Polonaise Blankenese" übergegangen war.

Es gab kein Halten, es wurde gejohlt, jeder sollte mitmachen. Für mich Zeichen, mich ohne Aufhebens zu verdrücken. Ich schnappte mir mein Jackett und verließ die Gartenkolonie.

## 08. Zweite Pubertät?

Es ist eigentlich ganz einfach. Ich öffne das Fenster, stelle mich auf den Sitz meines Hochstuhls, steige durch das schräge Dachfenster und betrete den flachen, einen Meter breiten Rahmensims, mit Grünspan-Kupferblech belegt, der unser Hausdach umgibt. Am Rand noch die handbreite Regenrinne. Da muss ich natürlich aufpassen.

Unter mir die Großstadt im Scheinwerfer- und Straßenlaternenlicht, der große Stausee in der Stadtmitte ist zu ahnen, er schluckt das Licht. Am liebsten wende ich mich 'gen Westen oder Süden, auch wenn ich meist kein Ziel habe. Ich schaue erst in die Ferne, prüfe den Wind. Eigentlich bin ich immer richtig angezogen, denn ich friere nie bei diesen Gelegenheiten. Dann richte ich mich auf, strecke mich durch und stoße mich ab, so wie im Schwimmbad, wenn ich mal von Startblock einen Kopfsprung wage. Mit ausgebreiteten Armen fliege ich schräg in die Tiefe, finde den Aufwind an der Hauswand und mit wenigen Schlägen gewinne ich Höhe, lasse mich treiben, schwinge wie ein Mauersegler, beschleunige, stürze ab in die Straßenschluchten, um danach wieder aufzusteigen.

Mir ist schon klar, dass ich da im Besitz einer besonderen Fähigkeit bin. Andere frei fliegende Zweibeiner habe ich noch nie getroffen. Auch starte ich zu diesen Flügen immer in den späten Abendstunden oder früh morgens. Ich will ja kein Aufsehen erregen. Wenn ich vom Boden aus abheben will, ist es mühevoller, Höhe zu gewinnen. Ich muss dann Anlauf nehmen. Am besten gegen den Wind. Es ist ein wunderbares Gefühl zu fliegen. Das Gefühl grenzenloser Freiheit, auch wenn sie nicht ewig anhält. Denn ein wenig anstrengend ist es doch, mit den Armen zu schlagen, als wären es Flügel. Angst habe ich dabei nicht. Das Gefühl, mir kann nichts passieren.

Im Traum muss mir klar sein, dass das Fliegen nicht real ist. Beim Aufwachen ist es manchmal so wie im Fahrstuhl, wenn dieser vor dem Erreichen des Stockwerks abbremst.

Als Jugendlicher habe ich manchmal so geträumt. Dass sich das jetzt wiederholt. Die Trennung von Suse, Verlust des Jobs, dann Neuanfang im Norden. Ist das jetzt meine zweite Pubertät? Wie viele Phasen werden noch folgen? Im Internet kursieren diversere Theorien über Träume vom Fliegen. Wie gut, dass ich inzwischen in einem Alter bin, wo ich keiner Theorie mehr ganz traue.

Oder muss ich das Ganze als Vorbote von Demenz einstufen. Ein Verfall. Wie die morgendlichen Gelenkschmerzen. Früher, in der Jugend, meine ich mich zu erinnern, war dieses Fliegen eher angstbehaftet. Jetzt genieße ich es. Ich fühle mich frei. Mir pocht das Herz nicht schneller, keine Schmerzen, kein Enge-Gefühl in der Brust.

In Köln hatte ich zuletzt vor der Entlassung mit der Entwicklung des Kunstherzens zu tun. Der Mutterkonzern hatte sich schon mehrfach umstrukturiert. War ich nach dem Studium direkt in die Weiterentwicklung des Dentalmarktes engagiert worden und mit Nachfolgeprodukten der N1-Einheit befasst, jener unter Zahnärzten so ruhmreichen Verbindung aus Patientenstuhl, Lampe, Absauganlage und Bohrmaschinen-Antriebsanlage, die, ähnlich wie die Schneewittchensarg-artige Braun-Stereokompaktanlage, zur Design-Ikone avancierte, konnte ich mich noch vor Untergang der Dentalbranche in die Röntgen-Abteilung retten, wo ich den Aufstieg der röntgenstrahlenlosen Magnet-Resonanz-Tomografie und ihre millionenteuren Einführung in die Radiologen-Zentren der Republik miterlebte. Leider, leider war und bin ich nur Ingenieur. Ich bin kein Entdecker. Ich wurde gerufen, um das Prinzip anzuwenden, um Störungen zu erkennen und auszuräumen. Ich habe mich brav fortentwickelt und Schritt gehalten, bin aber bei derselben Firma geblieben, selbst wenn diese sich neue Töchter schuf, neue Formen und Namen annahm – bis dann mein Anstellungsvertrag zu einer Belastung wurde. Ich weiß bis heute nicht, wann ich mich hätte vom Acker machen, mich mit Zertifizierung und QM selbstständig machen sollen. Das Angebot des neuen Personalchefs, ich solle die neuste Tochter führen, war verlockend. Sie schmeichelten mir, ich hätte den Überblick über verschiedene Sparten der Medizin-Technik, sollte ein junges Team leiten, das einen ganz neuen Ansatz für die Entwicklung des implantierbaren Kunstherzens verfolgen würde. Aber ratz-fatz war die Tochter-Firma insolvent und ich freigestellt. Die jungen hoffnungsvollen Ingenieure aus meinem Team kamen anderswo unter und ich blieb übrig, in Suses Haus in Königswinter, mit Blick auf die Villa der Westerwelles.

Fliegen wollte mir dort nicht gelingen, nicht im Traum kam ich darauf. Suse war irritiert, als ich arbeitslos zu Hause rumhing. Die langjährige Firmenzugehörigkeit hatte mir eine komfortable Abfindung beschert, was mir eine gewisse Sicherheit gewährte, mich um eine neue Anstellung zu kümmern. Ich musste nicht alles annehmen, was man mir bot. So diente ich mich Head-Huntern an, schickte Lebenslauf und Profil, wies darauf hin, dass ich meinem alten Arbeitgeber wegen der Abfindung zur Wahrung von Betriebsgeheimnissen verpflichtet war und Fristen bei einer Neuanstellung zu berücksichtigen seien. Das hätte ich wahrscheinlich nicht tun sollen. Es zeichnete mich als altmodisch aus, als „ehrliche Haut", als loyal, aber nicht ambitioniert genug. Dem fehlt es an der Risikobereitschaft, auch mal Grenzen zu überschreiten, mag möglicherweise nach Vorstellungsgesprächen notiert worden sein.

Ich reparierte den Rasenmäher und die Motorsense für unser Hanggrundstück in Königswinter. Genaugenommen, für Suses Hanggrundstück. Sie hatte es geerbt, als Mitgift in die Ehe gebracht. Ich installierte eine Solar-Heizanlage für unseren Mini-Pool an der Terrasse. Ich strich die Garage. Ich begeisterte mich für neue Zweiradtechnik, schaffte E-Bikes für gemeinsame Radausflüge am Rhein an, zu denen Suse keine Zeit hatte: Einer müsste an die Zukunft denken, das Buchgeschäft ändere sich, es würde weniger gelesen, der E-Book-Markt verlange neues Marketing, die Buchhandlung lüde

zum Event, zum Diskurs, zum esoterischen Gleich-
klang. Es galt, das Bücher-Networking auszu-
bauen, Kontakte zu der Uni in Bonn zu initiieren.
„Ladies-Book-Talk" – ein ganz neues Format, das
Männer ausschloss, es sei denn, es handelte sich
um den eingeladenen Autor – und in der Bonner
Gesellschaft für heftige Diskussionen sorgte. Meine
Meinung dazu war eher provinziell und peinlich, ich
hielt diese Veranstaltung für unzeitgemäß, eine lä-
cherliche Kopie englischer Herren-Clubs.

Außerdem musste Suse Filialen eröffnen, alte
Buchläden aufkaufen, Künstler zu Vernissagen in
die Läden dirigieren. Bald hatte sie sechs Geschäfte
zu betreuen. Für Anthony B., den amerikanischen
Autor mit griechischen Wurzeln, organisierte sie
eine Rhein-Lese-Reise und ich merkte nicht einmal,
dass sie nicht nur für seine Bücher schwärmte,
sondern sich längst in ihn verliebt hatte.

Je aktiver sie ihren Buchhandel betrieb – Über-
nahme-Angebote von großen Ketten bekam, junge
Germanistinnen als Praktikantinnen einstellte, die
im Nebenfach Eventmanagement studierten, eine
Marketing-Agentur hinzuzog –, desto mehr fühlte
ich mich wie gelähmt. Wir wurden uns fremd,
wussten nicht, was wir reden sollten. Wir schwiegen. Keiner von uns machte den Versuch, unsere
Ehe zu retten. Suse floh.

Ich blieb in ihrem Haus zurück. Machte allein die
Radtouren in das Rheintal. An einem steil in Wein-
hängen gelegenen Aussichtspunkt hoch über dem

Flusstal im Nieselregen waren sie wieder da: Die Flugfantasien. Stürze aus großer Höhe. Nervenkitzel, Gänsehaut auf dem Rücken. Doch es waren nicht die frohen Luftkapriolen, sondern düstere Gedanken an den Tod. Ich vertauschte die Perspektiven, wünschte mal meinen, häufiger aber Suses Tod. Ein Ende der Tristesse. Die Möglichkeit eines kompletten Neuanfangs ohne Rücksicht. Dabei hegte ich keine Mordgelüste, dazu bin ich zu feige – nein, ich dachte an einen plötzlichen Infarkt, gern spektakulär anlässlich eines „Ladies-Book-Talk" mit Internistin in der Runde, die vergeblich reanimiert. Nach solchen Wachträumen hatte ich ein schlechtes Gewissen, kaufte Blumensträuße, bereitete Abendessen, die wir mehr belanglos redend oder schweigend einnahmen, um uns dann in unsere Schlafzimmer zurückzuziehen.

Das alles ist vorbei, liegt hinter mir. Ich brauche nichts zu beichten, ich habe mir Absolution erteilt. Mein neues Leben finde ich ganz ok. Trotzdem beunruhigt mich, dass ich wieder glaube, fliegen zu können, dass es sich so leicht anfühlt, es zu können, selbst, wenn es nur im Traum ist. In meinem Alter über eine zweite Pubertät nachzudenken. Lächerlich.

## 09. Ein norddeutscher Sommer

Vermisse ich die heißen Sommer des Rheintals bei Königswinter? Ich habe es nicht vergessen, wie

der schwül-modrige Geruch trockenfallender Ufer-
zonen nachmittags aus dem Rheintal aufstieg, die
gellenden Pfiffe der Mauersegler, die einzigen pfeil-
schnellen Geschöpfe in dieser lähmenden Glut,
während sich Menschen, Hunde und Katzen in
schattige Plätze hinter den Häusern verzogen.
Selbst die Fliegen wirkten matt. Dann die tropi-
schen Nächte, in denen ich mir eine Klimaanlage
wünschte, die man sich aus ökologischen Gewis-
sensbissen versagte, obwohl sich die Nachbarn
ringsum mehr oder weniger verschämt nach und
nach damit ausrüsteten. Die Luft stand. Die Fenster weit offen. Mückengitter sperrten die hoch sum-
menden Plagegeister aus. Und wenn man sich
müde und schlaflos schwitzend im Bett wälzte,
dröhnten die Motoren der Lastkähne an- und ab-
schwellend, je nach Position auf dem Fluss, unterbrochen nur vom Donner der am Ufer vorbeifahren-
den Güterzüge. Selbst wenn kein Motorengeräusch
zu hören war, zirpten die Grillen, angeregt von der
Hitze des Tages. Meist schlief ich in diesen Som-
mern nur wenige Stunden, war am Tag unausgeschlafen und sehnte mich nach dem frischen norddeutschen Wind.

Berichte ich so über die Königswinternen Sommer, weil ich Suse vergessen will. Vergessen will,
wie verliebt ich war. Die schönen Zeiten mit den
Kindern, die Picknicks in den Rheinauen, die Freibäder mit Brausepulver, Federball-Turnieren und
Grillfesten, Weinproben und Bönnsch-Anstich (Kö-
nigswinterer und Bonner trinken kein Kölsch), die

Frühlings- und Herbstwanderungen auf den ruhigen Wegen links und rechts von Vater Rhein, den Karneval.

Anders in der hanseatischen Großstadt. Der Himmel ist weiter, stets weht eine leichte, bisweilen steife Brise. Die wirklich heißen Tage kann man an zwei Händen abzählen. Aber ich liebe es, meine Shorts anzuziehen, sobald ich aus dem Betrieb komme, und noch eine Runde mit dem Rad zu drehen, an der Alster entlang bis zu den Wallanlagen, dann zum Bismarckdenkmal, runter zum Hafen. Überall sitzen Verliebte beisammen und genießen den Abend. Vielleicht sehe ich sie nur so deutlich, weil ich mich danach sehne, auch einmal wieder verliebt zu sein. Aber auch Grüppchen junger und alter Passanten begegnet man genauso wie denen, die allein unterwegs sind wie ich. Obwohl, ich bin Single. Die anderen Einzelnen streben vielleicht zu ihren Lebenspartnern, zu Freunden, Verwandten.

Hamburg ist eine der Single-Hochburgen Deutschlands, 28 % der Hamburger Haushalte bestehen nur aus einer Person. Das hat weniger damit zu tun, dass die Hansestadt eine Uni und viele Studenten hat. Die müssen wegen der hohen Mieten nicht selten zusammenziehen, Zweck-WGs auf Zeit. Es sind die älteren Bewohner, Geschiedene, Verwitwete, Getrennte. Sie können sich das Alleinsein auch nicht immer leisten, aber sie sind nicht so jugendlich unbekümmert, dass sie zu WG-Experimenten bereit wären. Lieber bleiben sie einsam, als faule Kompromisse einzugehen und auf liebgewonnene Marotten zu verzichten.

Mir geht es nicht anders. Die Miete frisst einen großen Teil meines Gehalts. Aber soll ich aus finanziellen Gründen in eine Studenten-WG ziehen? Alt wie ich bin. Die Zeit verfliegt so schnell. Ich würde es nicht aushalten, wenn jedes Semester neue Mitbewohner diejenigen ablösten, an die ich mich gerade gewöhnt hätte. Davon abgesehen, welche WG würde mich nehmen. Einen 50+Ingenieur aus einem Rüstungsbetrieb.

Ich bin zu feige, um nach „altersgerechten" WG´s zu suchen. Womöglich mit kiffenden Alt-68ern oder erlösungssuchenden Esoterikern, Psychos mit Macken. Nein, mein Dachgeschoss-Exil ist ein guter Ort für mich. Vielleicht sollte ich mir Mühe geben, meine Mitbewohner mal kennenzulernen. Selbst der viel beklagten Anonymität etwas entgegensetzen, eine Nachbarschaftsparty veranstalten. Die Wahrheit ist, ich habe Angst, dass keiner kommt. Bevor ich einen Korb ernte, verschiebe ich die Sache lieber und warte ab, ob sich nicht doch zufällig mal ein Kontakt ergibt. Außerdem, meine Wohnung sieht so leer aus. Ich habe ja nichts mehr.

Alle Einrichtungsgegenstände gehörten eigentlich Suse. Mit Biedermeierkommoden, Vitrinen, Bücherschränken, großen Dielentischen oder einer Sofaecke kann ich in meiner kleinen Wohnung nichts anfangen. Die Bücher – die wenigen, die mir gehörten, habe ich fast alle in Königswinter zurückgelassen. Schallplatten, CDs? Ich könnte sie nicht abspielen, denn ich habe nur ein klitzekleines Radio, das mir ein Programm-Mix aus Nachrichten, Beiträgen und Musikstilen serviert. Ich lebe in der Gesellschaft von Moderatorinnen und Moderatoren, die mich rundum versorgen, muss mich nicht selbst um meine Musik kümmern. Ich besitze ein Bett, einen runden Tisch mit drei verschiedenen Armlehnstühlen und einem Klappstuhl, aber Besuch habe ich nie. Nur Norbert hat mich mal besucht und eine Flasche Rum mitgebracht. Meine Klamotten hängen in einem zur Wohnung gehörenden Einbauschrank. In der Küche minimal Geschirr, ebenfalls in einem Einbauschrank, der mir nicht gehört. In einem Regal im Zimmer stehen ein Flachbildschirm, ein paar Flaschen und ein Werkzeugkoffer. Dazwischen gelagert Stapel mit Zeitungen, Magazinen, Papieren. Wohnlich sieht es nicht gerade aus. Ich sollte mir mal Werkzeug leihen. Oder, obwohl mit allem ausgerüstet, abends spät einen Kuchen backen und um Eier oder Kuvertüre bitten. Mich dann revanchieren, eine Flasche Wein spendieren. Falls aber tatsächlich fremde Leute zu mir zu Besuch kommen würden, müsste ich die Wohnung dekorieren. So wirkt sie desolat, ja seelenlos. Eine wüste Leere, mit der ich nichts zu tun habe. Oder bin ich eine leere Wüste?

Mein Frühschwimmer-Sport bietet kaum Gelegenheit, Leute kennenzulernen. Ich sollte mir mal einen Mannschaftssport aussuchen. Als Student habe ich gern Basketball gespielt. Oder in einen Chor gehen. Auch wenn ich nicht gut singen kann. Gemischte Chöre suchen immer Männerstimmen. Jetzt im Sommer böten sich auch Wandergruppen an oder Radausflüge vom Allgemeinen Deutschen Fahrrad-Club, ADFC. Ich fahre ja gern Rad. Ich muss unter die Leute. Gleich, wenn ich nach Hause komme, schaue ich mal im Internet, was der ADFC so anbietet. Nur Fahrradclub und Wandergruppen – wie spießig sich das anhört. Bin ich wirklich schon so weit? Schon so nah dran. An der Freiwilligen Feuerwehr, dem Schützenverein, der Trachtengruppe? Speed-dating – hört sich zeitgemäßer an, auch irgendwie anstrengend. Trachtengruppe der Neuzeit, in der die Pfauen Räder schlagen.

Auf der Fahrt von der Elbe zurück durch die Hafencity nach Hause fiel mir ein Plakat am Telefon-Verteilerkasten neben einer Ampel auf: Das Landhaus Jürgens, in einem städtischen Park gelegen, wies auf die „Over 30-Party" „After Work Disco" mit Musik der 80er und 90er für Singles and Couples hin. Morgen, am Donnerstag, sollte es sein. 21 Uhr, Eintritt frei.


## 10. Rhythmus und Kontinuität

So melancholisch ich gestern Abend nach Hause kam, so dynamisch und gut gelaunt gehe ich heute zum Frühschwimmen. Der Wecker ist nötig, damit ich das Signal bekomme, aber ich bin gleich wach und springe aus dem Bett. Letzte Nacht habe ich von der Wüste geträumt. Ich bin diese Wüste. So fühle ich mich jedenfalls. Aber in meiner Vorstellung schlummern in mir Samen. Und falls es mal regnet, gehen sie auf – eine Oase inmitten der Wüste. Jetzt muss ich über mich selbst lachen. Meine Phantasie geht mit mir durch. Zwar kommen in meiner Oase nur selten Karawanen vorbei, aber sie werden gebührend empfangen und bewirtet. Das habe ich mir fest vorgenommen.

Doch jetzt erst mal in die Schwimmoper. Mal sehen, was heute dort abgeht. Wer wird diesmal die Hauptrolle spielen, wer den Eunuchen mimen.

Die blonde Frau im rötlich gepunkteten beigen Badeanzug, die mich kürzlich getreten hatte, war wieder da. Ganz auf das Schwimmen fokussiert, zügig und ohne Wende-Pause am Rand ihre Bahnen drehend, ohne nach links oder rechts zu sehen, sondern nach vorn in die Ferne. Ich glaube nicht, dass sie mich absichtlich getreten hatte – warum auch.

Aber heute habe ich sie mir genauer angeschaut mit meiner Schwimmbrille. Sie mag ungefähr mein Alter haben, aber ich bin auch kein guter Schätzer. Sie ist eher schlank, aber mit einem kleinen Frauenbauch, Arme und Beine muskulös. Ich sehe gern hinter ihr her. Sie scheint keiner Gruppe zugehörig, plaudert nicht mit anderen – zumindest nicht in der

Halle. Wie sie in der Frauendusche handelt – das weiß ich ja nicht.

Dann betrat Norbert suchend die Halle, rief meinen Namen, als er mich entdeckt hatte, winkte mir zu und hechtete ins Wasser, kraulte mit großer Welle auf mich zu und spritzte zuletzt nach mir. Danach war mir nun gar nicht. So viel ich Norbert verdanke, es nervt mich, dass er johlend meine Bahnen stört. Und ich, eher selten schlagfertig und von mir selbst überrascht, hörte mich Norbert laut zurufen: „Ich verbitte mir Ihre Zudringlichkeiten; nur, weil Ihre Frau mir Avancen macht! Sie, Sie ..." Zum ersten Mal seit Jahren sah ich ihn verblüfft. Einige der Frühschwimmer drehten sich zu uns um, hielten inne, schwammen auf der Stelle; das waren ungewohnte Töne im Becken. Da Norbert aber keine Anstalten machte, mit mir in einen Disput einzutreten oder handgreiflich zu werden, beschlossen die Schwimmer wohl, sich verhört zu haben. Niemand wollte sich eine Blöße geben. Und nach wenigen peinlichen Sekunden setzten sie scheinbar gleichgültig ihre Wege durch das Wasser fort, als sei nichts gewesen.

Norbert hingegen schwamm an meine Seite, hielt sich neben mir am Handlauf fest und meinte verständnislos mit dem Kopf schüttelnd: „Wie bist du denn drauf?"

Ich zuckte nur mit den Achseln. „Nimm es als Experiment. Auf dein Wasser-Gespritze habe ich mit einer Verbalattacke reagiert. Du bist nicht drauf eingestiegen. Zwar habe ich dich völlig überrascht, quasi entwaffnet. Du aber bist ganz ruhig geblieben. Hast die Waffen gestreckt. Du willst mich nicht untertauchen, brüllst nicht zurück. Aber ich warne dich: Versuch ja nicht jetzt noch irgendeine Retourkutsche. Ich kann Karate."

Was natürlich gelogen war, eine Trumpfkarte. Wie aus Kindertagen, wenn ich in Pausenkämpfe gezogen werden sollte. Ich wollte Norbert keine Zeit für neue Strategien lassen. „Hast Du gesehen, was da bei unseren Mitschwimmern abgegangen ist. Sie gucken weg. Sind irritiert. Vermutlich wundern sie sich. Aber weil wir so einträchtig hier am Rand rumhängen, suchen sie den Fehler bei sich. Keiner traut sich nachzufragen, was das sollte. Und vielleicht ist es ihnen auch egal – so wichtig sind wir schließlich auch nicht. Los, trimm dich, Norbert, wir sind nicht zum Faullenzen hier. Schwimmen wir 'ne Runde." Ja, so schwammen wir dann, wie immer, jeder zog seine Bahnen. Um 7:15 Uhr stieg ich aus dem Wasser. Die blonde Frau mit dem gepunkteten Badeanzug war offenbar schon verschwunden, ich konnte sie nirgendwo entdecken.

Norbert folgte kurze Zeit später in den Duschraum und wie immer tauschten wir unsere Wochenpläne aus. „Kommst du heute Abend mit ins Landhaus Jürgens, zur Over 30-Party"?

Norbert zögerte. „Eintritt frei, Beginn zehn Uhr – oder musst du dann schon ins Bett." Er knurrte:

„Zehn Uhr, dann wird das `ne lange Nacht. Ich muss Freitagmorgen zu einem Abteilungs-Meeting..."

„Ja oder Nein?"

„Na gut, auf ein Bier an der Bar. Ich bin um zehn am Tresen, werd´ aber nicht lange bleiben. Ich mag den Laden nicht. Alte Knacker, die ihre Chancen abchecken, Frauen, die sich krampfhaft jünger schminken und sich ihre Lover schön trinken ..."

Ich war viel zu früh im Landhaus – mit dem Rad war die Strecke kurzer als erwartet. Ich setzte mich an einen freien Tisch mit Blick auf den gähnend leeren Barbereich, gegenüber dem noch verschlossenen Tanzsaal, studierte die Speisekarte und eine vergessene Morgenpost, bestellte einen Hamburger ohne Pommes und ein Pils. An den Fenstertischen Grüppchen von Männern und Frauen unterschiedlichen Alters, die sich munter unterhielten. Ich war der einzige, der allein an einem Tisch saß. Die Musik zu laut, obschon gut gemischt – möglichst viel und querbeet bringen, für alle was dabei, das deutsche Erfolgsrezept. Es roch nach einer Mixtur aus Bier, Zigarettenqualm, der vom Raucherschirm aus draußen, nahe der offenstehenden Terrassentür, ins Gebäude zog, und Frittiertem aus der Küche. Die Karte genauso gemischt, bürgerlich-traditionell-szenig. Und natürlich gab es den obligatorischen Veggie-Bürger oder eine Curry-Tofu-Wurst, die mit herzerweichenden Dim-Sum-Kleinigkeiten –

wohl aus dem Tiefkühler für die Mikrowelle – kon-
kurrierten. Genauso gut hätte ich aber auch einen
Bauern verfrühstücken können, ohne Herkunfts-
angaben – mochte er nun aus Bayern oder Dith-
marschen stammen. Derartige Speisekarten kannte
ich auch noch aus Bonn und Königswinter.

Grundsätzlich bin ich lieber zu früh auf einer
Veranstaltung. Mit Suse kam ich regelmäßig zu
spät. Eine Prozedur, bis sie was Passendes anzuziehen gefunden hatte. Nicht selten tauschte sie
ihre Garderobe, kurz bevor wir loswollten, nochmal
aus. Sie hegte die Befürchtung, zu früh zu sein,
dem Gastgeber zur Unzeit auf die Pelle zu rücken.
Auch wollte sie keineswegs den Eindruck erwecken,
die Einladung käme ihr gelegen als vielmehr die
Einladenden glauben machen, sie müsse sich den
Termin mühselig in ihrem Terminkalender frei-
schaffen. Nebenbei hatte das den Vorteil, peinliche
Gesprächspausen oder angestrengte Themensuche
zu vermeiden. Wenn schon viele vor ihr da waren,
konnte sie sich die Gesprächspartner aussuchen.
Und sie genoss es, wenn Leute sie heranwinkten,
nach ihr riefen – das war ihr Auftritt.

Ich hingegen mag es übersichtlich, wenn noch
nicht so viele da sind. Man kann zum Beispiel die
Namen besser behalten. Man kann sich warmlau-
fen, sich vertraut machen mit der Atmosphäre. Und
man kann noch einen guten Platz zum Sitzen oder

an einem Stehtisch ergattern, wo man ein Glas abstellen kann. Mir macht es nichts aus, schweigend zu warten, den Blick schweifen zu lassen. Ich muss auch nicht auf mein Smartphone glotzen und Mails checken.

Während ich auf das Essen wartete, studierte ich das gastronomische Konzept der Location. Meist mag ich das Licht nicht: Zu hoch wirft es Schatten in die Gesichter, die Augen tief in den Höhlen.

Ist es zu dunkel, kann man die Speisekarte nicht lesen. Hängen die Lampen zu hoch oder sind sie groß, blenden sie.

Aber hier waren die Lichtverhältnisse ganz ok. Auch wenn die Lampen hässlich fand, zu bürgerlich-rustikal. Ich mag eher minimalistische, blendfreie Designerformate und eben echte Klassiker. Wenn schon, denn schon.

Die Wand-Deko zusammengesucht. Vereinzelt hängen gebliebene Emaille-Schilder, 70er-Charme. Immerhin, gute Fotoabzüge in schlichten Rahmen. Dafür musste einer ein Händchen gehabt haben.

Es war zu ahnen, dass das Landhaus - in städtischem Besitz – keine einfach zu bewirtschaftende Immobilie für den Pächter darstellte. Früher ein Vorzeige-Objekt, konzipiert von Stadtplanern für die Bürger, Familienfeiern und als Ausflugslokal für die sozialdemokratische Bevölkerung rund um den Stadtpark, war es in die Jahre gekommen. Die Stadt investiert nicht gern – der Pächter wollte nicht zu viel sanieren, muss auf die Rendite achten. Die automobilisierte Bevölkerung hatte sich andere Ausflugsorte gesucht. Der Vorteil – laute Musik, ohne Nachbarn zu stören, es gab ja keine außer Kaninchen und Heckenvögel. Parkraum für Autos stand auch zur Verfügung. Anbindung an öffentliche Verkehrsmitteln war vorhanden, wenn auch in der dunklen Jahreszeit ein wenig unheimlich, die Parkwege teils nur spärlich beleuchtet, kaum Spaziergänger unterwegs. Schon eher die ewigen Jogger: Doch wenn ein Keuchender sich schweren, schnellen Tritts von hinten nähert, kann einem auch ganz schön ungemütlich werden.

Die junge Frau, die bediente, duzte mich, wünschte, geschult lächelnd oder angeboren freundlich, guten Appetit, um sich routiniert den nächsten Gästen zuzuwenden. Allmählich füllte sich das Landhaus. Am Tresen trafen sich Eingeweihte: Give me five! Die Damen bestellten Prosecco Spritz, oder alkoholfreie Cocktails. Die Herren orderten Bier. Sie trafen in Zweier- und Dreier-Gruppen ein und taxierten die Anwesenden mehr oder weniger verstohlen.

Niemand setzte sich zu mir. Stattdessen fragte ein Neuankömmling nach dem anderen, ob ein Stuhl noch frei sei – um ihn dann mitzunehmen und an einen anderen Tisch zu ziehen. Schließlich saß ich allein auf dem letzten Stuhl an dem Vierertisch. Es war kurz nach 21 Uhr, am Tresen vor dem Eingangsbereich zum Disco-Saal Gedränge, als ich nach gezahlter Zeche aus dem Restaurant-Bereich gleichfalls Richtung Tresen strebte. Die Saaltür ging auf, und mit dem Titel „I Will Survive" von Gloria Gaynor und einer traditionellen Lichtorgel begann der Discjockey den hereinströmenden Gästen einzuheizen. Die Frauen jauchzten, deponierten die Handtaschen an Haken, auf Balustraden, Stehtischen oder in Sitzecken und stürmten die Tanzfläche, kamen in Bewegung, jede nach ihrer Façon.

Die männlichen Besucher, zurückhaltender, blieben im Eingangsbereich und am Rand der Tanzfläche an Säulen stehen, warteten ab. Gab es Damenwahl? Einzelne Männer wagten sich in die Mitte, manche forderten zum Disco-Fox auf, fanden Partnerinnen und zeigten ihre Künste. Wie immer gab es elegante und vulgäre Tänzer und welche, die sich einfach nicht im Takt der Musik bewegen konnten, aber selbstbewusst und lächelnd gegen den Rhythmus antanzten.

Ich spähte vom Tresen schräg in den Saal, blickte zurück zum Landhaus-Eingang und wartete auf Norbert. „Gloria", gesungen von Laura Branigan, ließ meine Fußspitze zucken, ging mir ins Blut, führte meine beschwipste Seele zurück in meine Tanzstunden-Jugend – ich fasste mir ein Herz und fragte das nächststehende blondierte Mauerblümchen, ob sie es mit mir versuchen wolle, und sie lächelte zustimmend. Wie kürzlich auf der Gartenparty, ich konnte führen. Die Frau legte sich mir in den Arm und wir wirbelten über das Parkett. Jack White alias Horst Nußbaum, hätte ich meiner Eroberung ins Ohr rufen können, weil mir der Produzenten-Name plötzlich einfiel, aber ich ließ es sein. Viel zu laut. Man konnte nicht reden. Außerdem folgte übergangslos „You Are The First, My Last, My Everything". Mister Barry White ließ uns stampfen. Dann von ihm, etwas langsamer, fast zum Verpusten, „Let the Music Play" und schließlich das Schmusestück „Just the way You are". Jeder für sich, schwelgten wir in Erinnerungen, tanzten wie ein altes Liebespaar. Als der letzte Akkord verklang, ließ mich meine Dame los, blinzelte mir nickend zu und verzog sich ohne ein weiteres Wort. Der Discjockey meldete sich erstmals, nannte seinen Namen: „Axel Wölfel – der Wolf im Schafspelz", begrüßte launig die Gäste, knurrte täuschend echt und schickte seine bewährten Standardfloskeln durchs Mikro, womit er gut ankam, beklatscht und bejohlt wurde. Ich hörte den Ansagen nicht weiter zu. Im Hintergrund erklang leise „Shaft" mit Isaac Hayes, blendete auf und weiter ging es mit der Party. Ich lehnte mich an eine Säule, beobachtete das Treiben. Brian Culbertson folgte. Leiser, mit dem Instrumentalstück – „The Secret Garden", gut für eine Pause, um Getränke zu holen und eine Runde zu plaudern. Falls man jemanden dazu fand.

Mir gefiel das Ganze besser als erwartet. Wo blieb Norbert? The Three Degrees füllten nun die Tanzfläche wieder mit „Dirty Old Man" – der Discjockey hatte Sinn für Humor. Tom Jones und „Sexbomb" passten, dann wechselte man über zu Bob Marleys „Sun is Shining" – kam aber nicht an, blendete aus

191

und Joe Cocker versuchte sein YOU CAN LEAVE Y-OUR HAT ON vergeblich. Gilberto Gil – wohl eher weniger Gästen bekannt, spielte „Toda menina Bahiana", gefolgt von Joao Gilberto mit Astrud Gilberto und The Girl From Ipanema – ein Ausflug in die 60er, dann krass in ein Stones-Stück überblendet - Start Me Up. Als wäre es ein Stichwort für Norbert gewesen ... „Na, wo sind die Honky tonk women, hast du schon alle gecheckt? Komm, wir gehen an die Bar. Mein alter Studien-Freund zog mich aus dem Saal zum Tresen. „Weißt du, wie meine männlichen Studierenden diesen Event nennen? Gammelfleischparty." Scheißkerl. Mir hatte es gefallen.

Norbert bestellte ein alkoholfreies Weizenbier für sich und für mich ein Astra, bezahlte und zog mich an einen Stehtisch am Ausgang. „Du kommst spät", nörgelte ich. „Um zehn Uhr waren wir verabredet und du hattest gemeint, dass du zeitig nach Hause müsstest, wegen eines Meetings morgen früh. Ich habe schön getanzt und du machst mir die Sache jetzt madig."

„Hatte noch an der Uni zu tun. Da war es netter als in diesem abgerockten Schuppen." Wir schwiegen. Norbert setzte an: „Ich hab´ ja gleich gesagt, dass ich keine Lust auf den Laden hab und nur kurz auf ein Bier reinschauen wollte. Ich bin verheiratet und flirten kann ich an der Uni genug. Such´ dir besser was anderes zum Leute kennenlernen. Geh in den Kunstverein, zur Körber-Stiftung, in die Patriotische Gesellschaft, ins Literaturhaus, meinetwegen zu Tango-Abenden, wenn du tanzen willst. Aber lass das hier. Mich deprimiert's nur. Ich kann mich an deine Ex-Frau gar nicht erinnern, aber als Buchhändlerin wäre die bestimmt nicht hier aufgekreuzt. Wenn du eine Frau kennenlernen willst, dann muss du reden können – hier geht´s nur um Pheromone, nonverbale Kommunikation. Und das war früher schon nicht deine größte Stärke, wenn ich so an unsere Unifeste denke. Du hast doch nie die Alpha-Weibchen angelockt, an dich wandten sich doch die Anlehnungsbedürftigen, die, die getröstet werden wollten oder irgendwelchen Lovern nachtrauerten. Aber damals waren die Frauen wenigstens attraktiver. Und du warst jünger..."

„Du kannst gern gehen, Norbert, altkluge Tipps kann ich mir selber geben –. Ich bin dir ewig dankbar für den Hinweis auf den Job. Aber wie ich eine neue Beziehung anfangen soll, das muss ich mir von dir nicht beibringen lassen. Wir sehen uns beim Schwimmen, ciao."

Meine Stimmung war dahin. Wütend ließ ich den Laden hinter mir, ohne auf ihn zu warten, oder mich umzudrehen, schwang mich aufs Rad und fuhr einen Umweg an den Kanälen entlang nach Hause. Im Nachhinein ärgerte es mich, dass ich mich so versöhnlich mit `Wir sehen uns Dienstag beim Schwimmen, ciao´ verabschiedet hatte. Unverhofft beschlich mich das Gefühl, allein zu sein. Das war so meine Kontinuität der letzten Jahre: Mich allein fühlen, unverstanden.

Zu Haus angekommen, ging ich gleich zu Bett. Ich musste an Suse denken.

Als ich in Köln nach dem Studium bei dem Medizingeräte-Entwickler Medi-Pro angefangen hatte, arbeitete ich in einem kleinen Team an von größeren Konzernen vorgegebenen Projektideen und Prototypen. An einem Freitag nahm mich ein Kollege nach der Arbeit mit zu einem Stadtfest nach Bonn, wo er wohnte. Wir setzten uns an einen Biertisch an der Sterntorbrücke, an dem noch Plätze frei waren, und kamen schnell mit der Frauenrunde, die es sich dort schon gemütlich gemacht hatte, ins Gespräch. Es waren Kolleginnen aus drei verschiedenen Buchhandlungen, die am Nachmittag irgendein gemeinsames Seminar des Börsenvereins des Buchhandels besucht hatten und nun noch auf ein Bier wollten. Suse hatte mir gegenüber gesessen, fragte mich aus, woher ich käme, was mein Beruf sei, und zeigte sich aufgeschlossen für so einen Norddeutschen, angetan. Ich erzählte ein wenig von mir, hielt mich aber am Ende an das Ratgeberwíssen „Wie man Freunde gewinnt", und lenkte das Gespräch dahingehend, dass ich Suse dazu brachte, eher von sich zu erzählen. Sie hatte einen kleinen Schwips und ließ sich nicht lange bitten. So erfuhr ich von ihrem Leben in Königswinter und

Bonn, von der Buchhandelslehre, der Reduktion ihrer Arbeitszeit im Laden, um dann in Bonn Germanistik zu studieren, nicht zuletzt von ihrem Wunsch, vielleicht auch selbst mal einen Roman zu schreiben, von einer Schreibwerkstatt, einigen Gedichten, von der Liebe, von Flirts im Freibad und Mutproben. Wir lachten viel in der Runde. Mein Kollege verabschiedete sich, wollte nach Hause, aber Suse meinte, sie müsste mir noch das Rathenauufer und Stresemannufer zeigen, den Blick auf den Rhein. Sie besaß eine klitzekleine Ein-Zimmer-Mansardenwohnung in Gronau, war mit dem Fahrrad unterwegs und so schob sie das Rad, wir küssten uns unterwegs und gingen fröhlich plaudernd dahin.

Suse hatte gerade keinen Freund. Mein Glück, es hatte sich einfach so ergeben. Meine erste ernstere Liebschaft. Sie brach ihr Studium ab, weil in ihrer Buchhandlung Personalmangel herrschte und sie viel zu viel zu tun hatte. Man versprach ihr ein gutes Gehalt. Sie stellte mich ihren Eltern vor und die mochten mich. Obwohl ich lutherisch war, nicht katholisch wie sie und alle in dieser Gegend. Auch Suses alten Freunde mochten mich, neckten mich aber gern mit meinen angeblich typisch norddeutschen Macken, waren aber angetan von meinen Antworten auf technische Probleme oder Fragen zu Ingenieursaufgaben.

Es stimmte, was Nobert von mir gesagt hatte. Während des Studiums war ich nicht gerade der

Womanizer gewesen. Es hatten sich eher dürftige Beziehungen ergeben. Frauen, die sich über ihre bisherigen Beziehungen ausweinen wollten, aber nicht wirklich an mir interessiert waren. Umgekehrt war auch mein Interesse an ihnen nicht sonderlich groß. Und richtig verliebt war ich auch nicht.

Und jetzt? Jetzt fühlte ich mich so unbedarft wie damals. Die Midlife-Crisis hatte ich nicht einmal bemerkt, verschlafen – eingemacht in Ehealltag und Job-Routine. Ich akzeptierte, dass die Kinder auszogen. Der ganz normale Gang der Dinge. Entgangen ist mir, dass Suse sich verändert, dass ihr etwas gefehlt hatte, bis auch sie auszog. Auszog in eine neue Liebe.

Jetzt hatte ich das letzte Drittel des Lebens zu fassen und wusste so gar nicht, wohin damit, was ich tun sollte, damit das Leben bunter und ich zufriedener sein würde. Damit schlief ich ein.

## 11.     Fortune

Beim üblichen Dienstag-Frühschwimmen wartete ich diesmal nicht im Eingangsbereich auf Norbert. Ich muss mich emanzipieren, mich nicht an ihm orientieren wie an einem großen Bruder, nur, weil er durchgängig an der Uni beschäftigt und verheiratet ist.

Schon aufgewacht war ich mit der Erkenntnis: Nicht Norbert ist mein Maßstab. Ich selbst bin das Maß der Dinge meines Lebens. Offenbar wollte auch Norbert mich nicht treffen. Wir verpassten uns einfach. Vielleicht hatte er aber auch nur etwas Anderes vor.

Wer bin ich eigentlich? Ein Einzelgänger wider Willen. Ganz und gar kein Alpha-Typ. Einsam fühl' ich mich manchmal. Aber ich kann auch mit mir allein sein. Ich habe eine nachdenkliche Phase. Ich hadere damit, dass ich den Kontakt zu den Kindern verloren habe, ohne zu verstehen, warum und wie es überhaupt dazu gekommen ist. Auch meine Jugendfreunde sind mir abhandengekommen. Und diejenigen, die ich in Königswinter Freunde nannte, sind Suses Freunde gewesen. Keinerlei Verlangen, sie wiederzusehen.

Ich beschließe, mich verstärkt auf das zu fokussieren, was mein Leben hier und jetzt ausmacht. Auf den Betrieb zum Beispiel. Die Kollegenfeier von Egon Reible, diesem Abteilungsleiter der Buchhaltung. War doch ein Anfang gewesen. Die Sekretärin. Frau Allzeit. Vorstandsmitglied Düren. Mit ihnen allen hatte ich doch nett geplaudert, mit Frau Allzeit sogar geflirtet. Und später mit der jungen Verwaltungsmitarbeiterin hatte ich richtig wild getanzt, leider nicht nach dem Namen gefragt. Ließ sich nachholen. Diese Leute müssten nicht meine Freunde werden. Aber vielleicht der Startschuss für ein Netzwerk. Woraus sich weitere Kontakte ergeben könnten. Glückliche Gelegenheiten. Zufälle. Fortune!

Hier, bei den Frühschwimmern, wollte ich zwar nicht krampfhaft suchen, aber offen sein schon. Und wenn er denn kommt, der Zufall, ihn beim Schopf ergreifen!

Immer wieder war mir die Frau mittleren Alters mit dem weißen Bikini und der weißen Badekappe aufgefallen. Auch sie schwamm ambitioniert in der Schnellschwimmerabteilung. Kam immer allein. Weder mit den Trainierenden noch den Trainern suchte sie das Gespräch, genauso wenig wie den Wettkampf. Sie stieg einfach grußlos ins Wasser und schwamm. Doch immer wieder beobachtete ich, dass sie andere, meist jüngere Frauen, mit denen sie sich offenbar messen wollte, an der Wende abpasste, blitzschnell startete und hinter ihnen herschwamm, sie manchmal einholte, aber nie überholte, sondern kurz davor abbremste und dann scheinbar gleichgültig unter der Trennleine hindurchtauchte und in die nächste Bahn wechselte.

Ich kam mir wie ein Detektiv oder Kriminologe vor, der aus Gesten, Körperhaltung, Sozialverhalten eine Personenbeschreibung erstellt, Motive und Absichten ableitet. Warum war mir ausgerechnet diese Frau aufgefallen – lag es an dem Bikini und meinem toxischen männlichen Blick? Die jungen Schnellschwimmerinnen trugen fast ausnahmslos diese modernen Schwimmanzüge wie eine zweite Haut. Die gaben wenig Blick auf die Haut preis und waren doch sexy. Wenn man das heute noch so sagen darf. Der Bikini wirkte ein bisschen aus der Zeit gefallen, als gehöre er eher zu dem Cannes der nouvelle vague als an den aktuellen Zuma Beach, Malibu. Vielleicht hatte die Frau abgenommen. Oder der Bikini war ausgeleiert und hatte seine beste Zeit hinter sich. Aber ich sah dieser Frau gerne zu, wie sie kraulte. Während ich langsam aber stetig schwamm, konnte ich immer einen kurzen unauffälligen Blick aus meiner getönten Schwimmbrille auf sie werfen. Manchmal verutschte ihr Oberteil und eine nackte Brust wurde sichtbar. Ob sie wohl bemerkt hatte, dass ich dann einen Tick länger hinschaute? Erst wenn sie sich am Rand ausruhte und bevor sie die Leiter hochstieg, korrigierte sie den Sitz ihres Bikinis. War das Absicht? Oder Nachlässigkeit? Oder ein knappes Budget?

Auf jeden Fall war es wie Fernsehen. Besser als Fernsehen. Ich rief mich zur Ordnung, achtete auf meine Bahnen, meinen Atem, meine Zeit – das Training sollte ja meiner Gesundheit dienen. Und meiner Leistungsfähigkeit. Und als ich dann noch mal schaute, war sie weg, die stille Fata Morgana.

Manchmal suchte ich auch nach der Frau in dem altmodisch rot gepunkteten Badeanzug, die mir so vorkam, als sei sie in meinem Alter. Die, die mich mal, wohl unabsichtlich, getreten hatte, ohne es selbst zu bemerken. Ich weiß auch nicht, was mich an ihr reizte. Ob es die Haltung war. Das In-sich-Ruhen, das sie ausstrahlte und sie interessant machte. Aber heute schien sie wieder nicht hier zu sein.

Im Betrieb liefen die Versuchsreihen zufriedenstellend. Im Team besprachen wir Messdaten, Zielgrößen. Die Munition war nun serienreif. Vorstand Düren kam zur Sitzung. Sprach Lob aus, dass unsere Prototypen genau in den richtigen Schritten entwickelt worden und kaum Fehler aufgetreten seien. Der Auftraggeber sei mit dem todsicheren Produkt sehr zufrieden. Wieder wurden alle Beteiligten auf die hohe Geheimhaltungsstufe hingewiesen. Zum Dank und als Prämie erhielten wir außer der Reihe die nächsten drei Tage Sonderurlaub.

Als ich an diesem Dienstag nach Hause kam, fand ich im privaten Postfach die Nachricht von Tobias: „Lieber Papa, tut mir leid, dass ich so wenig Zeit für dich hatte. Aber jetzt führt mich der Job gradewegs nach Hamburg. Hätte morgen Abend Zeit – wo wollen wir uns zum Essen treffen? Würde gern mal wieder knusprige Scholle essen, weißt du, wie früher in den Ferien an der Nordsee. Tobias." Seine Absende-Adresse, offenbar ein privates Postfach und keine offizielle Firmen-Emailadresse, hatte er nicht verborgen. Ich nahm sie in meine Kontakte auf. War das ein Zeichnen der Wiederannäherung? Oder nur eine sentimentale Anwandlung?

Die Nachricht überraschte und erfreute mich. Gleich begann ich nach einem Lokal zu recherchieren, wollte morgen Frau Allzeit anrufen, um Rat fragen. Norbert hatte mir vor einiger Zeit das Liman am Mühlenkamp empfohlen. Ich kannte es nur, weil ich öfter mit dem Rad dort vorbeifahre. Würde wohl vom Ambiente her passen. Auf der Speisekarte fand sich tatsächlich auch eine „Kutterscholle". Obwohl es dort wie ein Fremdkörper wirkte. Lediglich die Nussbutter, neben Krabben und Kartoffelstampf, verlieh dem Ganzen einen etwas cooleren Touch. Gesamturteil: „wahrscheinlich hipp" oder so ähnlich.

Zwei Jahre hatte wir uns jetzt nicht getroffen.

Ich schrieb ihm zurück, dass er mich in meiner Wohnung abholen könne, ich schon ein Restaurant im Sinn hätte, aber zum Reservieren die Zeit wissen müsste, wann er denn essen wolle.

Ich freute mich ehrlich. Hatte aber auch Bammel. Seit Suse mich verlassen hatte, plagten mich Selbstzweifel. Was alles in unserem Familienleben war mir entgangen, hatte ich nicht bemerkt oder versäumt.

Von Suse hatte ich die Handy-Nummer, eine Gmail-Adresse und die griechische Adresse ihres neuen Lebenspartners, dem erfolgreichen Autor Anthony B. . Ihre Anwältin hielt mich auf dem Laufenden, was unsere Scheidung anbetraf. Soviel war sicher: Suse hatte ihrem Leben unmissverständlich eine Wendung gegeben. Das letzte Mal hatten wir vor einem halben Jahr telefoniert. Ein Skype-Gespräch aus Griechenland. Ich konnte im Hintergrund das Wohnzimmer sehen, die Veranda und den Garten zum Meer. Sie wirkte glücklich, war ein bisschen verlegen. Ahnte wohl, dass es mir nicht so erging, was auch meine Berichte über die neue Stelle, die netten Kollegen, dass ich eine gute Wohnung im Stadtzentrum gefunden hätte, nicht rausreißen konnte. Dass ich die Stadt ja aus Studienzeiten noch kennen würde, versicherte ich ihr, mich schnell eingelebt hätte, sowieso eine norddeutsche Pflanze sei, auch schon einen Abstecher in meine Heimatstadt Bremen unternommen hätte, Grundschulfreunde besuchen wolle (was gelogen war). Längst hatte ich eingesehen, die Zeit mit Suse war zu Ende. Und ich hatte auch aufgegeben, mir zu wünschen, dass die Beziehung zu dem neuen Mann aufhöre, sie zu mir zurückkehren solle.

Nun wollte ich mich auf Tobias freuen. Und jetzt auch nicht an Daniela denken. Vielleicht würde ich ja über ihn erfahren, wie Daniela lebte, wie sie den Bruch in unserer Familie empfand.

Als ich mich schlafen legte, war ich angenehm müde. Nach dem Abend im Landhaus Jürgens und dem Zwist mit Norbert hatte ich die letzten Tage mit Einschlafschwierigkeiten zu kämpfen. Die Mail von Tobias hatte mir richtig Auftrieb gegeben. Die letzten Tage und auch heute erschienen mir in einem völlig anderen Licht. Im Vordergrund jetzt das Tanzen und die Musik im Landhaus, die Frühschwimmerin mit dem weißen Bikini, das Lob unserer Firmenleitung für die erfolgreiche Produktentwicklung und der Freizeit-Bonus. Plötzlich frei! Trotzdem wollte ich morgen wieder zum Frühschwimmen, obwohl es ein Mittwoch war, und ich Norbert nicht treffen würde, aber das war mir gerade recht. Ich freute mich einfach darauf, den neuen Tag frühmorgens mit Schwimmen zu beginnen.

## 12. Erste Hilfe

Am Mittwoch, meinem unerwartet freien Tag, ging ich schwimmen, wie sonst auch. Vielleicht etwas später und unrasiert, aber munter und voller Tatendrang. Norbert würde ich wohl nicht treffen – er hatte sich auf Dienstag und Donnerstag eingerichtet. Mein Ärger über ihn hatte sich indessen verflüchtigt. Nächstes Mal würde ich auch wieder mit ihm reden. Aber ich rechnete gar nicht damit, ihn zu treffen, vielmehr freute ich mich auf das Wiedersehen mit meinem Sohn. Nach dem Schwimmen wollte ich schnell wieder nach Hause. Aufräumen, Bad und WC putzen, staubsaugen, einkaufen, vielleicht ein paar Topfpflanzen besorgen, einfach die Wohnung ein bisschen auf Vordermann bringen, falls Tobias mich bei mir zu Hause abholen wollte.

Unter der Dusche war ich ganz allein. Ich sputete mich, wollte Zeit aufholen, um auf meine Strecke zu kommen: 1000 Meter, zwanzig Bahnen. Ob ich auf dem Wandsbeker Markt Pflanzen fände? Ein Ficus benjamini wäre vielleicht ganz schön. Oder so eine Kletterpflanze – die könnte in meiner Dachwohnung zu den hohen Fenstern hinaufwachsen. Es sollten Lebewesen im meiner Wohnung sein. Und am Aussichtpunkt wollte ich einen Vogelfutter-Spender platzieren. Obwohl dort meist nur Tauben, Möwen und Krähen auftauchten. Aber vielleicht würde sich ja auch mal eine Amsel dorthin verirren. Eine, die morgens früh als Erste auf der alten Antenne zu singen begann.

Das ging mir so durch den Kopf, als ich mechanisch schwamm, nebenbei die Bahnen zählte und nicht auf die Mitschwimmer achtete. Nach der zwölften Bahn wechselte ich auf die Rückenstrecke, ruhte mich kurz am Ende an der Wendekante aus, und da sah ich sie wieder. Die Frau mit dem rot gepunkteten Badeanzug und dem Kurzhaarschnitt: Sie schwamm auf dem Rücken, in der Mitte des Beckens erstaunlich schnell rückwärts kraulend kam sie auf mich zu. Ich rückte etwas zur Seite, um sie bei der Wende an der Beckenwand nicht zu behindern. Jetzt musste sie doch seitlich der Bahn die knallrote Ballleine sehen, die das Ende derselben ankündigte, und die Wende einleiten: Und da krachte sie auch schon ungebremst mit dem Hinterkopf gegen die Kachelwand und schlug auch mit dem einen Arm dagegen.

Alles ging blitzschnell, ich hätte es nicht verhindern können. Vielleicht hatte der Arm auch den Aufprall ein wenig abgebremst, aber sie sackte unter Wasser, bewegte sich kaum, wie betäubt, und ich packte sie am Arm und holte sie an die Wasseroberfläche.

Sie wirkte benommen, als sie wieder nach Atmen rang, hustete und schaute mich ungläubig an, oder meinte sie womöglich, ich hätte sie geschlagen oder sei schuld an dem Unfall? Ich sprach sie an, redete auf sie ein, hatte Angst, sie würde ohnmächtig werden: „Geht es wieder? Ich hab´ gesehen, wie Sie rückwärts gegen die Wand geknallt sind. Wo waren Sie denn mit Ihren Gedanken?"

„Danke, danke, ich weiß auch nicht ", hustete sie verwirrt. „Ich muss irgendwie weggetreten sein. Wohl besser, ich höre jetzt auf ..." Sie nahm sich die Schwimmbrille ab, schob sie sich mit dem Haltegummi über den Ellenbogen zum trainierten Oberarm. Kalkweiß im Gesicht stellte sie sich auf die schmale Kante, klammerte sich an der Überlaufrinne fest und spuckte, wenig damenhaft, noch würgend und hustend in die Rinne. Ich war mir nicht sicher, was zu tun war. Natürlich ließ der Bademeister auf seinem Aufsichtsposten seinen Blick über die Wasserfläche schweifen, hielt sich aber nicht mit uns auf, schien völlig unbesorgt. „Brauchen Sie Hilfe? Ich will Ihnen keine Angst machen, aber Sie sehen doch sehr blass aus…".

„Danke, ich komm schon zurecht. Aber ich gehe jetzt lieber." Etwas abwesend taxierte sie mich einen Moment schweigend, blickte mit ihren graublauen Augen in meine, drehte sich dann zum Beckenrand, legte den einen Arm auf den Hallenboden, griff mit dem anderen an den Startblock, stieß sich mit Schwung von der Unterwasserkante ab und nutzte die Abflussrinne mit dem einen Fuß, um geschmeidig aus dem Wasser zu steigen, als würde sie das so immer machen. Wer weiß, ob ich das so hinbekommen hätte, ohne auf allen Vieren krabbeln zu müssen.

Dann ging sie grußlos, aufrecht und leicht schwankend in die Damendusche. Die Milchglastür schwang zu, meine Zuständigkeit endete.

`Ich habe meine Schuldigkeit getan – aber ich bin unschuldig´, dachte ich noch. `Mal sehen, ob sie mich nächstes Mal wiedererkennt´.

Nun hatte auch ich keine Lust mehr, meine Bahnen fortzusetzen und die 1000 m zu erreichen, fröstelte etwas und dachte wieder an meine Pläne, wollte meinen Tag beginnen. Die Sonne schien von Osten in die Schwimmhalle. Es versprach ein schöner Tag zu werden. Ich stieg an der Badeleiter aus dem Wasser.

So holte ich mir beim Alstercafé in der Iffland-
straße zwei Brötchen und ein Paket Kaffee, ging
nach Hause, stellte das Radio an und frühstückte,
putzte, räumte auf und freute mich an den Sonnen-
strahlen, die durch die schrägen Dachfenster meine
bescheidene Wohnung durchfluteten. Vielleicht
sollte ich mir ein kleines Sofa und einen Sessel kaufen, damit man nicht nur an dem kleinen Tisch sitzen müsste. Das würde diese kahle Wohnung ohne
Teppich wohnlicher machen.

Das „Schlafzimmer" war ja nur eine Nische mit
Dachfenster; das Bett – immerhin 160 breit – füllte
die gesamte Breite aus, man musste über das Fuß-
teil hineinsteigen. An der Stirnseite ein ebenso brei-
tes Regalbrett, wo Klemmlampe, ein paar Bücher,
Uhr und Mobiltelefon Platz fanden. Anfangs hatte
ich mir morgens den Kopf an der Dachschräge gestoßen. Die Schiebetür stand meistens offen – so
konnte ich sogar fernsehen, das Regal mit dem
Fernseher stand gegenüber und die Fernbedienung
nahm ich mit ins Bett.

Als ich mit einem Kaffeebecher Pause an meinem
verkratzten abgewetzten Tisch machte, die seltsame Leiter an meinem Westfenster betrachtete, die
Dachbalken, den bombastischen roten Kühlschrank, der die vergilbte Küchenzeile dominierte,
meine Schlafhöhle, die weißen kahlen Dachschrä-
gen, das Gefühl: Das ist ein guter Anfang. Da geht
noch was in meinem Leben. Ich öffnete den Garde-
robenschrank. Neben dem Staubsauger stand dort

eine dicke Papprolle mit alten aufgerollten Postern, Fotos und Dokumenten.

Ich holte eine Skizze von einem dreirädrigen Tandem-Reise-Ruderrenner hervor, eine Seminararbeit im Fach Mechanik: Dolles Ding. Schade, das kleine Modell, das ich damals aus Drähten zusammengelötet hatte, war verlorengegangen. Aber die Zeichnung machte was her. Ich würde sie aufhängen. Das Ding vielleicht nochmal real bauen, mit ein paar Nachbesserungen, und damit verreisen. Eine Reisebegleitung würde ich freilich noch finden müssen, um dieses Holländer-Fahrzeug, wie man solche Gefährte früher nannte, zu bewegen.

Dann fand ich noch ein Plakat von Botero. Ich hatte es in der Zeit gekauft, als ich mit Suse zum Tango-Kurs ging. Auch das würde ich aufhängen – nicht als Erinnerung, vielmehr als Art ironische Note. Ich war kein Macho. Aber seit der Wiederbelebung kürzlich meiner Lust am Schwofen, fühlte ich mich wie ein einsam-melancholischer Tänzer.

Und dann stieß ich noch auf die sorgsam in ein gewachstes Leintuch-Futteral eingepackte Angelrute meines Großvaters, eine gesplisste Bambusrute aus den 1920er Jahren, mit polierten Achatringen, damit die geflochtene Seiden-Schnur leicht durch die Führung glitt und eine gut erhaltene, jetzt angelaufene Rolle. Sie würde an einen der Balken passen. Genug mit dem nostalgischen Kram! Nach vorn schauen. Offen für Neues.

Jetzt machte ich mich mit meinem alten Wagen auf zum Baumarkt, um in der Gartenabteilung

Pflanzen zu kaufen. Aber ich konnte mich nicht durchringen. Alles Massenware. Keine Lust, diesen Wegwerfmist im Plastiktopf zu unterstützen. So erstand ich nur ein Kästchen mit Pins und Heftzwecken.

Im Wagen googelte ich nach „Gebrauchtpflanzen". Und tatsächlich stieß ich auf einen Marktplatz im Internet mit traurigen Sansevierien, Farnen, Drachenbäumen, Palmen und anderem Gestrüpp, „umständehalber" abzugeben. Nach einem Telefonat fand ich einen vier Meter hohen Benjamini, ging zurück in den Baumarkt, erstand eine Rosenschere, eine Rolle Draht, einen „Hund" für den Möbeltransport und eine klappbare Sonderpreis-Sackkarre. Danach holte ich den fünfzig Jahre alten Baum bei einer frischen gebrechlichen Witwe ab, die mir verweint erzählte, dass ihr Mann verstorben wäre, sie die Wohnung nun aufgeben müsse, zu ihrer Tochter nach Freiburg zöge, und den Benjamini, den sie zur Hochzeit geschenkt bekommen hätten, nicht mitnehmen könne. Sie wollte den Baum nur abgeben, nehmen wolle sie dafür nichts. Nur das Versprechen, dass ich mich gut um ihn kümmern würde. Der große kalkverkrustete Tontopf mit dem üppigen Baum stand im Treppenhaus des Reihenhauses. Nur mit Mühe konnte ich die Zweige mit Blättern und kleinen Gummifrüchten mit dem Draht bändigen und mit der Sackkarre zum Auto bringen. Ein Nachbar half mir, den Topf mit Packpapier zu umwickeln und ihn in den Golf zu hieven.

Mit offener Heckklappe gelangte ich schließlich zurück, fand wieder einen Passanten, der mir und dem Baum in den Fahrstuhl half und um 14 Uhr stand das Ungetüm endlich bei mir in der Wohnung, viel zu groß, völlig ungewohnt. Ich nannte ihn spontan GroWiAn, wie die das weltweit erste größere Windkraftwerk aus den 80er Jahren in Marne. Dann goss ich den armen verpflanzten Kerl und hoffte, dass er überleben und mir ein stiller lebendiger Gefährte werden würde.

Inzwischen hatte Tobias mir die Nachricht geschickt, dass er einen Tisch für uns zwei im „Liman" um 19 Uhr gebucht hätte, direkt dorthin käme.

Ich kochte mir ein paar Spaghetti mit Rührei und Sahne und machte mich mürrisch daran, noch die Poster und die Angelrute aufzuhängen. Ob mein Sohn mich jemals besuchen würde, stand in den Sternen. Vielleicht bliebe es auch beim gemeinsamen Fischessen. Erschöpft legte ich mich ein bisschen auf's Bett. Growian kam mir beim Fernsehen in die Quere. Es gibt eben nicht nur Vorteile im Leben.

Ich war eingenickt und wachte hektisch auf. Falls Tobias bei mir übernachten wollte, sollte etwas da sein fürs Frühstück. Mit dem Rad fuhr ich schnell in die Papenhuder Straße zu Frischemarkt Thiele, wo das Schild über dem Schaufenster „Feinkost & Colonialwaren" anpries. Noch waren die Betreiber nicht Farbbeutel- oder Hammer-Anschlags-opfer von einigen Fanatikern geworden, die sich über die Ungerechtigkeit kolonialer Ausbeutung erregten und vermeintliche Sympathisanten abstrafen wollten. Nein, hier konnte man den dringendsten Bedarf an Lebensmitteln, Haushaltswaren und Notnägeln decken – oder nicht zustellbare Pakete abholen. In Berlin mochte so ein Laden „Späti" heißen. Wein und Bier hatte ich noch im Kühlschrank, Brot, Tomaten, Gurke und Aufschnitt kaufte ich, auch ein Paket Teelichte, obwohl ich gar keine Halter dafür hatte, und Streichhölzer.

Kaum hatte ich alles bei mir verstaut, zog ich mich um und fuhr mit dem Bus zum Mühlenkamp, war zu früh da und lief noch um die Ecke. In der Gertigstraße schaute ich nach dem Niewöhner, einer Kneipe, die in den 80ern, als ich noch studierte, ein Treffpunkt war. Das Haus gab es noch, aber nun residierte hier ein Restaurant statt einer Raucherkneipe. Ich rief mich zur Ordnung: Schluss mit Nostalgie! Das Restaurant war „gediegen", pries französische Küche an, nannte sich nun „La Maison Niewöhner". Bestimmt konnte man dorthin eine Frau einladen, nachdem die erste Stufe des Verliebtseins erklommen war und die Idee, gemeinsam nach Paris, in die Stadt der Liebe, zu fahren, ins Spiel gebracht werden mochte.

Indessen war es 19 Uhr geworden. Ich drehte um und ging ins „Liman", fragte nach unserem Tisch. Ich war zuerst da, bestellte mir, dem Ambiente ge-

recht, lieber einen Prosecco als ein Bier und wartete. Musterte die puristische Einrichtung, die Fotos türkischer Küstenstädte und die anderen
Gäste. Liman ist türkisch und bedeutet Hafen. Ich
hatte festgemacht.

Tobias traf ein. Zwei Jahre war es her, dass wir
uns nicht gesehen hatten. Anfangs noch telefoniert,
später nur noch Textnachrichten. Dann Sende-
pause.

Er sah gut aus. Das Gesicht glattrasiert, die dun-
kelblonden Haare wild gewellt, über den Ohren und
im Nacken in Form geschnitten. Wie einem Magazin
für Herrenmode entstiegen, weites weißes Stehkra-
gen-Hemd zum lässigen dunkelblauen Tweed-
Sakko, prall gefüllte Umhängetasche über der
Schulter, dazu die enge blau-blau gestreifte Gabar-
dine Stoffhose mit hohem Bund an Hüften und Beinen. Lächelnd kam er auf mich zu, breitete die
Arme aus, und so hoffnungsvoll-reserviert ich dieser Begrüßung entgegengeschaut hatte, wurde mir
zusehends warm ums Herz. Ich konnte nicht anders, ging auf ihn zu und wir umarmten uns. Damit
hatte ich nicht gerechnet.

Er setzte sich mir gegenüber, legte die Tasche neben sich auf den Stuhl und meinte gleich: „Sieht ja
vielversprechend aus. Ich freue mich. Endlich mal
wieder Fisch. Wie früher – hab echt Hunger. Den
ganzen Tag bei diesen Raffinerien und Tanks im
Hafen. Hab den Hamburger Jungs die neue Software justiert und die Lagerhaltung auf den Kopf gestellt. Das kann noch lustig werden. Zum Glück bin

ich nicht allein angereist, meine Mitarbeiter müssen wohl noch hierbleiben, aber die beiden sind zu ihren indischen Verwandten gefahren, irgendwo hier in der Hansestadt. Ich habe ihnen erzählt, dass ich meinen Vater besuche. Jetzt bin ich in deren Achtung gestiegen. Echte Familienfreaks. Ich soll ein Foto von dir machen und ihnen schicken ..." Und zückte auch schon sein Handy.

Ich muss wohl ziemlich entgeistert ausgesehen haben; schnell fügte er, mir zublinzelnd, hinzu: „Ein Scherz! Aber ich zeig dir mal die beiden: „Fremde Inder, Nacht."

Auf seinem Bildschirm zwei bärtige Sikhs mit ihren Turbanen vor schwarzem Hintergrund. „Meine Kollegen. Wir sind ein gutes Team."

Ich nickte. Die Bedienung fragte nach Tobias' Getränkewunsch und brachte die Speisekarten. Wir studierten kurz das Angebot.

Ich wählte die argentinischen Calamaretti mit Fenchel, in Knoblauch- und Zitronensud, während Tobias tatsächlich bei der Kutterschollenvariante blieb, dazu rheinhessischen Grauburgunder.

„Ich freue mich, dass wir uns sehen. Du hast mir gefehlt, lieber Sohn. Daniela fehlt mir auch. Sie macht sich genau so rar. Ich weiß nicht, warum", kam ich, schneller, als mir lieb war, zur Sache. Tobias ernst: „Mamas und deine Trennung kam für uns überraschend. Aus heiterem Himmel. Kaum aus dem Haus, um unseren eigenen Weg zu finden. Ich habe wenig mit Daniela darüber gesprochen.

Aber soweit ich verstanden habe, ging es mir ähnlich wie ihr. Sie hatte Schuldgefühle. Als hätten wir etwas versäumt, uns zu wenig um Euch gekümmert.

Wir hatten eine behütete Kindheit, sind froh aufgewachsen in unserem dörflich-bürgerlichen, aufgeräumten Königswinter, den Sportclubs, Karnevalsgruppen, Schulveranstaltungen, Kirchen-Gemeindefeiern, Jugendgruppenreisen.

Zwei Menschen, ein Mann und eine Frau, braucht es, um ein Kind zu zeugen. Und es braucht ein ganzes Dorf, um ein Kind zu erziehen. Wir waren glücklich, haben uns an Euch gerieben, aber nicht zerrieben.

Das Gefühl, einen sicheren Hafen zu haben, in den wir jederzeit zurückkehren könnten. Und dann trennt ihr euch. Zum Glück war ich abgelenkt, hatte meine Arbeit, meine Kollegen, meine Firma. Dann und wann habe ich gegrübelt. Mir ist klargeworden, dass Mama die Gefühlsbetontere von euch beiden war. Sie hat mit Gott und der Welt geredet. Trägt ihr Herz auf der Zunge. Singt, kann, ganz nach rheinischer Art, fröhlich und gesellig sein. Gleichzeitig hatte sie aber auch Fernweh. Ist ja nie aus Bonn und Umgebung rausgekommen. Während ich dich eher als den stillen wortkargen Analytiker erlebt habe. Einer, der sich schwertut, Freunde zu gewinnen, dem der rheinische Frohsinn eher fremd ist. Du ziehst Zahlen und Formeln vor. Gemäß deinem Beruf. Alles, was berechenbar ist.

Kalkulierbar. Es macht dir Freude, derartige Aufgaben zu lösen. Dafür wertgeschätzt zu werden. Ich weiß nicht, wann Mama und du, wann bei euch der Faden gerissen ist. Aber offenbar hat Mama sich noch einmal neu verliebt. Etwas vermisst und gefunden, was sie sich vielleicht früher nicht einzugestehen wagte. Sie ist meine Mutter. Hat mich getröstet, wenn ich als Kind traurig war. Oder später, beim ersten Liebeskummer. Ich hab' ihr nichts vorzuwerfen. Auch wenn es mich ärgerte, dass sie unser Elternhaus verkauft hat. Dass das es jetzt verloren ist. Es ging wohl nicht anders. Allein schon aus finanziellen Gründen. Man soll sein Herz nicht an Dinge hängen – das Haus ist weg, die Siedlung ändert sich, es wird neu gebaut, die Tage der Kindheit sind vorbei. Ich will jetzt auch erst mal gar nicht mehr nach Königswinter. Aber bald besuche ich Mama mal in Griechenland, oder wo immer sie dann lebt."

Wir verzehrten unseren Fisch, lobten den Koch, tranken reichlich. Erinnerten uns an alte Zeiten, Feste, Ferienzeiten. Wir waren uns nicht böse. Ich beschwerte mich, dass ich keine Chance gehabt hätte, als meine Frau und seine Mutter sich einfach neu verliebt hatte. „Art Naturgewalt. Kein Ingenieur ist bislang in der Lage gewesen, Erdbeben wirklich vorhersagen. Wir wissen, warum es sie gibt. Wir bemerken, dass Tiere das Beben früher wahrnehmen. Wir bauen sicherer als früher – und doch stürzen immer wieder Gebäude ein und Menschen werden begraben."

„Papa, lass es gut sein. Wir leben doch. Überraschungen, nicht nur angenehme, gibt es immer. Ich glaube, ich habe mich verliebt." Er zeigte mir das Bild. Eine junge Italienerin, Maria – was für ein Name. Sie war IT-Spezialistin wie er und sie hatten sich vor einem halben Jahr bei einem beruflichen Projekt in Indonesien kennengelernt. Eine Nomadin wie er, aber mit festen Wurzeln in Mailand. „Ich sage dir Bescheid, wenn wir zusammen in Mailand sein werden, um ein paar Tage ihre Familie zu besuchen. Dann musst du dazukommen. Sie will dich kennenlernen." Ich freute mich für Tobias. Wir waren ganz entspannt und heiter gestimmt, als sich herausstellte, dass er kein Hotel gebucht hatte, sondern darauf baute, bei mir übernachten zu können. Wir nahmen ein Taxi, tranken in meiner Wohnung noch ein Bier, dann war die Luft raus. Beide hundemüde, mussten wir in einem Bett schlafen.

Ein wenig rührselig dann der Abschied nach dem Frühstück. Tobias' Wecker hatte uns rechtzeitig geweckt, damit er zum Flugplatz kommen konnte. Noch einmal bat er um Verständnis, dass er selbst ein wenig Zeit gebraucht hätte, um mit all dem klarzukommen. Er versprach mir, sich wieder zu melden. Nicht zuletzt wegen Maria, aber auch Festen wie Weihnachten, Ostern, Geburtstagen. Jetzt müsste er zu seinem nächsten Job. Der neue Auftrag würde in Trondheim sein. Wir umarmten uns. Dann war er weg. Ich hatte ganz vergessen zu fragen, wo er denn nun seinen festen Wohnsitz hätte.

Zum Frühschwimmen war es zu spät. Ich überlegte, was ich mit dem freien Tag anfangen würde. Wandte mich Growian zu, schnitt ein paar geknickte Äste weg, suchte im Internet nach Pflegetipps, räumte auf – dann mit dem Rad durch die sonnige Stadt, zu verschiedenen Möbelgeschäften, um nach einem kleinen Schlafsofa zu suchen. Falls mein Sohn mich mal wieder besuchen würde. Oder Daniela.

## 13. Dienstag – das Frühschwimmen ist Glück und das Leben geht weiter

Meine freien Tage hatte ich nun damit verbracht, meine Wohnung weiter einzurichten. Ein Schlafsofa war bestellt, ein paar Küchenutensilien und ein Kochbuch erstanden. In einem Gebrauchtmarkt hatte ich sogar ein schlichtes weißes Bone China Service von Villeroy und Boch erstanden, war zwar nicht mehr vollständig, die Glasur etwas abgenutzt. Aber insgesamt so schön klassisch und zeitlos, erinnerte es mich an das Goldrandgeschirr meiner Eltern. Beim Verkäufer mäkelte ich ein bisschen herum, um ihn nicht merken zu lassen, wie sehr es mir gefiel. Egal, dass nur noch sechs Teller bei sieben Suppentellern vorhanden waren, und zwölf Tassen brauchte ich genauso wenig wie die Kaffeekanne oder eine Sauciere. Der Verkäufer erzählte mir von den Kindern, die es aus einer Erbschaft abgegeben hatten, wie begehrt diese Serie einst gewesen sei. Er ging mit dem Komplettpreis immer weiter herunter. Schließlich standen die Kartons in meinem Golf. Dazu noch drei große Wechselrahmen für die Poster und diversere kleinere für meine spärliche Fotosammlung und die Ahnengalerie. Am Sonnabend spätabends war ich mit dem Verstauen, Aufhängen und Platzieren meiner Habseligkeiten fertig. Ich war zufrieden. Jetzt fehlten nur noch Gäste, denen ich meine Wohnung und das, was mir etwas bedeutete, zeigen konnte. Dass diese Bilanz bescheiden ausfiel, war mir klar. Nicht gerade zum Repräsentieren. Besuche nicht in Sicht. Zu erwarten weder Freunde noch Verwandte.

Am Sonntag zwang ich mich zu einer Runde mit dem Rad Richtung Stadtpark. Raus aus der Wohnung. Ich freute mich sogar auf Montag und den Arbeitsbeginn, und auf Dienstag, wenn ich Norbert beim Frühschwimmen berichten könnte, dass mein Sohn mich besucht hätte. Ich überlegte, ob ich im Betrieb mal fragen sollte, wer Skat spielen könne und auf ein Bier bei mir vorbeischauen wolle.

Norbert kam aber nicht zum Frühschwimmen. Wie früher hatte ich am Eingang gewartet, aber nachdem er viertel vor sieben immer noch nicht in Sicht war, wollte ich auch nicht den Eindruck erwecken, als wenn ich ohne ihn nicht schwimmen würde. Nach dem Duschen hielt ich erst von oben in der Halle am Beckenrand nach seiner markanten Schwimmbrille Ausschau, entdeckte ihn jedoch nicht. Stattdessen sah ich die Schwimmerin mit dem gepunkteten Badeanzug, die sich letzte Woche den Kopf gestoßen hatte. Ich stieg ins Wasser, kraulte zwei Bahnen in zügiger Geschwindigkeit, um warm zu werden. Dann schob ich meine Schwimmbrille auf die Stirn und schwamm ihr im Brust-Stil entgegen. Sie erkannte mich, lächelte sogleich. Ich fragte sie, ob sie eine Beule davongetragen hätte, hielt mich an der Längsseite des Beckens fest. Sie schwamm zu mir rüber und wir plauderten ein wenig. Offenbar ging es ihr wieder gut. Sie lächelte. Die ganze Zeit. Bedankte sich für meine Hilfestellung und Fürsorglichkeit. Dann fragte sie sogar nach meinem Namen. Ich nach ihrem: Christine Immendorf. Wir kamen auf die roten Punkte ihres Badeanzugs zu sprechen, die sich bei genauer Betrachtung als walisische Drachen, als Wappentiere entpuppten. Ich mochte nicht nachfragen, ob sie eine besondere Beziehung zu Wales hätte. Aber die Frau war charmant. Begann mich neugierig zu machen. Lächelnd tat sie kund, dass sie sich freue, mich kennenzulernen. Ob ich regelmäßig zum Schwimmen käme. Immer dienstags und donnerstags, verriet ich ihr.

Dann wurde ihr kalt. Sie müsse sich wieder bewegen, freue sich aber, wenn wir uns Donnerstag wiedersehen würden. Ungezwungen trennten wir uns. Ich fühlte mich beschwingt. Ob sie wohl Single ist. Kühn malte ich mir aus, sie zu mir einzuladen. Lieber erst mal zum Essen. Müsste ja nicht gleich das „La Maison Niewöhner" sein. Auch nicht das spezielle cool-mediterran-türkische „Liman". Zumal es dort neben dem Fisch nur ein Fleischgericht gab. Vielleicht ein Restaurant mit Blick auf den Hafen, das „Port". Ein Auftraggeber der Firma hatte unser Team mal zu einem Mittagstisch dahin eingeladen. Es war modern eingerichtet und doch gediegen, gute Küche. Später könnte man noch einen Cocktail trinken. In der „Towerbar". Im gleichen Haus gelegen, unter dem Dach. Ich selbst war dort noch nicht gewesen. Vielleicht sollte ich die Bar schon einmal ausprobieren. Ob sich in der Firma heute jemanden fand, der mich spontan begleiten würde. Oder heute Abend lieber allein dorthin radeln.

Ich brach mein Training, das keins war, ab. Unter der warmen Dusche atmete ich bewusst langsam. Ich war ja wie ein Teenager. Wer weiß, ob wir uns Donnerstag überhaupt träfen. Ob diese Frau wirklich daran interessiert wäre, mich außerhalb des Schwimmbads zu treffen. Ob sie überhaupt Zeit hätte. Nicht verbandelt wäre. Womöglich mit einem Nichtschwimmer oder einer Nichtschwimmerin. Ob sie einfach nur im Zuge eines für sie belanglosen Smalltalks, aus Höflichkeit heraus, wissen wollte, ob ich regelmäßig zum Schwimmen käme. Genügend Freunde und Bekanntschaften hätte.

Ich wollte nicht aufdringlich wirken und gleich außer der Reihe am Mittwoch nach ihr schauen. Sie hatte ja offenbar einen nicht wie ich auf zwei Tage limitierten Frühschwimmerausweis. Der Unfall war jedenfalls an einem Mittwoch passiert.

Am Donnerstag ging ich noch vor halb sieben zum Eingang der Schwimmoper. Ich war aufgeregt. Alles noch dunkel, verschlossen, für den Publikumsverkehr gesperrt. Ein Schild, das besagte, um 10 Uhr begännen die internationalen Wettkämpfe mit Einteilung der Räume für die Mannschaften und ersten Trainingseinheiten, Proben. Freitag, Sonnabend und Sonntagvormittag würden die Wettkämpfe stattfinden.

Enttäuscht zog ich wieder ab. Am Freitag und am Wochenende beschäftigte ich mich mit meiner Küche. Ich hatte Grundkenntnisse im Kochen – schließlich aß ich ja auch gern. Aber das Kochen allein zelebrieren, nicht mein Ding. Ich probierte mein Pasta-Kochbuch aus, besorgte mir Zutaten. War gar nicht so schwer, schmeckte sogar. Und der Wein dazu schmeckte auch. Norbert rief unter irgendeinen Vorwand an, kam dann Sonntagabend zu Besuch, weil seine Frau zu einem Freundinnentreffen eingeladen war. Offenbar hatte er nichts Besseres zu tun und war auch nicht nachtragend, weil wir uns ein paar Tage beim Schwimmen nicht getroffen hatten. Er war gut gelaunt, wenn er auch meiner „Behausung", wie er die Dachwohnung nannte, nichts abgewinnen konnte. Loben konnte er sowieso nicht. Ich jedenfalls fühlte mich mittlerweile wohl.

Gegen 21 Uhr komplimentierte ich ihn heraus mit dem Vorwand, mich noch auf ein Problem bei der Arbeit am Montagmorgen vorbereiten zu wollen.

In Wirklichkeit war ich unruhig. Musste an Christine Immendorf denken. Ich hatte sie gegoogelt und gefunden: Eine promovierte selbstständige Zahnärztin, deren Praxis gar nicht weit entfernt lag. Nette Homepage, freundliche Bewertung, ansonsten keine weiteren Erkenntnisse.

Meine irgendwie frohe innere Unruhe verlangte, vor dem Schlafengehen noch eine Runde an der frischen Luft um den Block zu gehen. Wobei, von frischer Luft kann man nur reden, wenn mindestens fünf Windstärken aus West die Großstadt mit Luft von der Nordsee versorgen – und so war es auch. Dabei schon spät, die ersten Sterne waren in Wolkenlücken zu sehen. Ich ging an der dunklen geschlossenen Schwimmoper vorbei, am längst verlassenen Alstercafé entlang, weiter zum Schottweg nach links, von dort links in den Graumannsweg am Hotel vorbei, wieder links in die Ackermannstraße, um dann wieder nach Hause zu streben. Unter dem Straßenschild fiel mir das erste Mal der Wegweiser *Denkmalliste; Etagenhäuser 1880-1903 Sechslingspforte/ Schwimmbad "Schwimmoper"* auf und gab mir zu denken. Ja, eine schöne kleine Straße im Stadtteil, gemischte Bebauung teils grüne Vorgärtchen. Die Windböen hatten mir gutgetan, die Bewegung schien mir Bettschwere zu verschaffen.

Doch dann gleich am Anfang der Ackermannstraße, die ich sonst meist mit dem Rad und in zügiger Fahrt passierte, zog mich ein hellblau-türkis erleuchtetes Ladenschaufenster an. Neugierig trat ich näher. Am Sonntagabend! Da werkelten ein Mann und eine Frau, Mitte Fünfzig. Leise war Paolo Conte mit „It´s wonderful" durch die offene Fensterklappe über der Eingangstür zu hören. Sie tapezierten eine Zimmerwand des Ladenlokals mit einer schwarzweißen Fototapete, die ein typisches italienisches Strandbad der neunzehnhundertfünfziger Jahre an der Adria zeigte, darauf männliche und weibliche Strandschönheiten in der damaligen Bademode, die mit Bonbonfarben koloriert waren. Der Mann stand auf der Leiter und fixierte die Tapete am Stucksims, während die Frau mit einem Schrubber die Bahnen von Falten befreite und somit auf dem Wandputz fixierte. Beide drehten mir dabei den Rücken zu.

Ich mochte nicht so neugierig wirken und hielt noch Abstand im Dunkeln der Straße. Über dem Ladenfenster hing ein Schild: *Trattoria „La Piscina felice"*. Die Inhaber waren möglicherweise von der Nähe der Schwimmoper inspiriert, denn an den Wänden des Swimmingpool-türkis gestrichenen Lokals hingen schon gerahmte Fotos von Berühmtheiten in Badekleidung wie Esther Williams, Sophia Loren, Gina Lollobrigida, Adriano Celentano, den jungen Bud Spencer als Schwimmer, aber auch einfache Szenen vom Strandleben oder Ansichten von italienischen Badeanstalten. Nur fünf Tische mit Stühlen hatten im Gastraum Platz; sie waren jetzt zusammengerückt, damit das Tapezieren der großen Fotobahnen gelang. Daneben im Eingang befand sich ein Bartresen mit fünf Hockern, dahinter ein riesiger Spiegelschrank mir Regalteilen. Hier würden sicher einmal Gläser und Flaschen optisch verdoppelt und sich spiegelnde Gäste an der Bar bewirtet. Außerdem konnte man von hier durch die Türöffnung in die enge Küche weiter innen blicken, die aber gerade nur spärlich beleuchtet war.

Das Pärchen war nun fertig mit dem Tapezieren und sie betrachteten stolz Arm in Arm ihr Werk, kehrten mir noch immer den Rücken zu. Da traute ich mich näher heran und schaute auf den kleinen beleuchteten Schaukasten mit dem Schriftzug

*Speisekarte – für Schwimmer und Nichtschwimmer*

*„Hier eröffnen wir am kommenden Freitag unser Lokal mit der Hoffnung das Glück zu beschwören, das einen befällt, wenn man an Freibäder, Strand und vergangene Sommer denkt – und an die Liebe!" Die kleine Speisekarte wird italienische Klassiker bieten, aber auch Brausepulver, Yummi Yummi Colaflaschen oder Lakritzlollis....*

Ich musste schmunzeln und natürlich dachte ich an vergangene Zeiten im Freibad und die erste Verliebtheit als Teenager. Die beiden drinnen waren nun doch auf mich aufmerksam geworden, öffneten spontan die Tür und luden mich ein:

„Komm doch bitte rein, wir sind so stolz, die Fototapete war verspätet angekommen, das letzte Stück, was wir uns so gewünscht haben. Extra für diese Wand produziert. Jetzt können wirklich eröffnen. Zum Abschluss unseres Tages laden wird dich ein auf einen Carpano Spritz – wenn du magst..."

„Ich weiß nicht, was das ist, will mich nicht aufdrängen."

„Ach was, komm rein und probier', wir haben gerade auch noch nichts Anderes hier, außer Leitungswasser. Das ist so was wie Aperol mit Prosecco."

Da ließ ich mich nicht lange bitten, trat ein, lobte die Tapete, die außergewöhnlich Wandfarbe, die gerahmten Fotos, die Atmosphäre, während mir die beiden erzählten, dass sie sich gerade einen Traum erfüllten und ganz ohne Gastronomie-Erfahrung nun ein Lokal eröffnen würden.

Während die Frau aus der Küche drei Gläser holte, der Mann dem Kühlschrank die Prosecco-Flasche entnahm und entkorkte, setzte ich mich auf den Hocker und besah mir die Carpono-Botanic-Bitter-Flasche. Bald war das rote Gemisch in den Gläsern, wir stießen an und die beiden sprudelten über wie Prosecco-Perlen, ließen mich teilhaben an ihren Hoffnungen, Wünschen und Erinnerungen.

Ich bestätigte ihnen, sie würden bestimmt bei vielen Menschen den richtigen Nerv treffen und spontan den Wunsch auslösen, in das Lokal zu kommen.

Mir kam das Gesicht des Mannes irgendwie bekannt vor, aber ich hatte so überhaupt keine Ahnung, bei welcher Gelegenheit ich ihm schon einmal begegnet war.

Die Frau zeigte mir die Speisekarte mit Fotos der kleinen Gerichte, die sie anbieten würden.

Antipasti-Teller, verschiedene Tramezzini, Spaghetti carbonara und bolognese, drei kleine Pizzen, Currywurst mit Pommes frites, Minestrone, Zuppa inglese, Zabaione, Eis.

Ein Foto zeigte die Glashäfen mit den Süßigkeiten deutscher Freibäder – noch fehlten sie in der Realität, sollten bald auf dem Tresen stehen.

Die Getränke-Karte war übersichtlich, aber geschmackvoll.

Dann waren unsere Gläser leer und wir wurden ruhig. Der Mann gähnte verstohlen. Ich bat um eine Visitenkarte, weil ich bald telefonisch reservieren würde, wünschte ihnen Glück und eine gute Nacht. Dann ging ich heiter nach Hause. Und ich konnte gut einschlafen.

Und am Montagmorgen wachte ich aufgeregt auf, gleich mit dem Wunsch, meine Schwimmerin zu treffen. Wollte probieren, ob ich sie nicht schon gleich im Schwimmbad antreffen würde. Um zu fragen, ob sie schon bald abends Zeit für ein Treffen hätte, ein gemeinsames Abendessen.

Und ich traf sie. Im Schwimmbecken. Und sie hatte Zeit. Allerdings erst Freitag. Sie hatte ihre Telefonnummer mit wasserfestem Filzstift auf eine Plastikkarte geschrieben – wenn das nicht ein gutes Zeichen war.

Und in der Schwimmoper ertönten die Geigen.

**Ende des zweiten Teils!**
**Und offenes Ende der Novelle....**

## Danksagung

Meinen inzwischen verstorbenen Eltern verdanke ich meine Liebe zum Geschichtenerzählen, weil sie mich von frühester Kindheit mit eigenen und traditionellen Märchen und Geschichten gefüttert haben, mir das Lesen beibrachten, dann Bücher gaben, Museen und Kunst erklärten.

Meine Lehrer haben die Welt der Bildung erweitert, mir den Wert und die Bedeutung der Sprache eröffnet.

Mit meinem Freund Oskar Sodux habe ich die ersten Texte und literarischen Ideen ausgetauscht.

Meine Frau Rita hat meine Textideen und Manuskripte als erste gelesen, kritisiert und mich letztlich bestärkt, Manuskripte fertig zu stellen.

Meine ersten Verleger Joachim Jessen und Detlef Lerch vom Kabel-Verlag haben an meinen historischen Roman „Störtebekers Gold" geglaubt und mich gefördert.

Sebastian Schlück von der Agentur Schlück hat mich oft und gut telefonisch beraten und den zweiten Roman „Die Tochter des französischen Gesandten" bei PIPER und die beiden Jugendbücher „Störtebekers Kinder – die Fahrt in den Norden" und „Störtebekers Kinder – Rückkehr aus dem Indianerland" bei UEBERREUTER und RAVENSBURGER untergebracht.

Der historische Roman „Die Drachenschiff-Variante" ist dann von mir 2012 beim Verlag TREDITION platziert worden – Danke auch dafür!